大自然
治好了我的
抑郁症

THE WILD REMEDY
How nature mends us

[英]艾玛·米切尔 著

张馨文 译

四川文艺出版社

献给瑞秋

前言

开门见山地说吧,我患抑郁症已经25年了。抑郁症让我的大脑时常被宛如黑色流沙一般的消极淹没,有时候又像身上有层层厚重的乌云压着,令人无法思考和行动。无论以何种形式出现,抑郁症最终都会导致我失去动力,一心只想躲在家里,钻进被窝,在网飞(Netflix,全球流媒体巨头)上看电视剧。我知道,如果能强迫自己离开沙发动一动,抑郁就会有所缓解,而如果能走出家门,到屋子后面的树林里走一走,那些消极思绪纵使无法完全消失,也会大幅减少。

对我而言,如果每天能在花草和树木间散散步,就可以起到和服药、谈话疗法一样的效果。这听起来好像维多利亚时代疗养院的宣传广告,如今也确实有不少模仿古代传统戒律的潮流,但直到去年我才意识到,在树林中待着,哪怕只有5到10分钟,都能给抑郁症患者带来巨大益处。只要迈出家门,看看屋子背后的黑刺李和酸橙树,我就会感觉好一点。我姑且把它描述为一种神经系统上的放松:在大脑中看不见听不到的地方发生了一种反应,既舒缓又治愈。

当然,我并不是第一个认识到户外散步对精神具有慰藉作用的人。大量文学作品都提到过,在乡野散步可以缓解抑郁、激发创作灵感,并加速康复。

19世纪丹麦哲学家、诗人索伦·克尔凯郭尔曾大力赞美每日例行散步:"散步能让我每天保持好的状态,远离疾病。通过散步,我获得最棒的灵感,没有什么精神上的痛苦是不能通过散步缓解的。"《情迷四月天》(*The Enchanted April*)是我最喜欢的小说之一,写于20世纪20年代。作者伊丽莎白·冯·亚宁对乡间散步的描写让我颇有共鸣:"为了到达某地,步行之外的其他方式都太快了,你会错失沿途无数的美妙和愉悦。"

离开家门走个大约半英里(1英里约等于1.609千米),就能到达森林。沿着树木之间一条修剪过的绿地前行,我会开始留意林中植物是否开花或结果,也会寻找半陷在白垩土中的黄条纹蜗牛壳,还会注意飞奔过林间的麂子。当我看到屋子对面的酸橙树,精神上会加倍地感到慰藉。我日渐沉迷于树林中每一片树叶、每一只爬虫和每一只飞鸟。伴随着我关注到的每一处细节和散步中前行的每一枚脚印,持续不断的日常烦忧渐渐衰减,沉闷的抑郁情绪开始消散。

记得小时候,在北威尔士的祖父母家附近,我喜欢蹲在树篱下面，观察蓝铃花的花蕾、山楂树的叶子、欧活血丹的尖芽和原拉拉藤的幼苗。我对植物的纹路和变化多端的色调十分好奇，并沉醉其中。从很小的时候起，我就发觉这些微小又复杂的植物能让我感到兴奋和敬畏，就好像大脑中有一个气泡在膨胀，帮我从困难中分散注意力，而且现在仍有此效。

　　当我正在观察植物时，如果一只飞蛾或甲虫闯进视野，开始玩耍或忙碌，我的好奇心会更加强烈。一个小剧场仿佛在眼前出现了，我欣赏到了一出生命的精彩表演片段。这让人既激动又深感荣幸。如今我46岁了，还是会蹲下来，细数邓杰内斯（Dungeness，英格兰肯特郡最南端的岬角）的鹅卵石上覆盖的植被和青苔，它们虽然不起眼，但十分精致；或是观察那些在池塘上方飞来飞去的小生物。19世纪诗人约翰·克莱尔把这种行为叫作"俯身"，他自己也常这样做。他会坐在野草中间，以巢中之鹬的角度观察大自然。这种全身心的沉浸，激发了他很多创作灵感。

　　蜿蜒小路穿过的欧榛林，成片矗立的水青冈，有纯白沙滩和平静海面的多塞特郡贝壳湾，一望无垠又如猫一样静悄悄的坎布里亚郡豪吉尔丘陵，这些景象毫无疑问都是令人振奋的、美丽的。我们被户外景

003

致所吸引，期盼能看到蓝色山雀和野生兰花，而无数文学作品也鼓励那些希望摆脱抑郁情绪的人走进乡野。但是，有没有科学理论可以解释大自然给我们带来的能量呢？5月，当我们去唐斯丘陵散步，在蓝铃花丛里流连，我们的内心是不是发生了某种明显的变化？确实是有的。2007年，马德里大学和挪威生命科学大学一项联合研究发现，仅仅是观看自然景观，就可以加速缓解焦虑和精神疲劳，促进疾病痊愈。2017年，埃克塞特大学的一些研究表明，在城市景观中布置一些绿植，可以降低市民们抑郁、焦虑和紧张的程度；在户外度过的时光有助于减轻低落的情绪。

最近，日本流行一种"森林浴"。"森林浴"是20世纪80年代初开始出现和普及的，指的是在树林或森林中待着，让身心沐浴在自然氛围里。在日本，有48个官方指定的"森林浴"步道，四分之一的日本人都接受过这种疗法。第一次看到这个消息时，我兴奋极了。因为这种疗法和上文的描述一模一样，正是我常常用来缓解抑郁的做法。在另一个有着不同文化的大陆上，上百万人正采用这种沉浸在植物中的自我治疗方式，来缓解身体和精神疾病的症状。在日本，当人们感觉不舒服时，会去森林中待上一段时间，和植物密切相处，这就像英国人去药店买家庭常备药布洛芬一样寻常。

近年来，为了更好地理解"森林浴"，一些针对性的研究发现，在绿色大自然中散步，对身体许多系统都会直接产生积极影响。研究显示，在大自然中，特别是在树林中待过的受试者，血压会降低，压力激素皮质醇水平会下降，焦虑得到缓解，脉搏速度放慢。当人们在森林中度过一段时间后，身体中的交感神经系统活动水平会下降，针对压力的反击或逃跑反应也会消失。此外，还有一种叫作"自然杀伤细胞"的特殊白细胞，它们的活动会增加，这种细胞可以杀死被病毒感染的细胞和某些癌细胞。这些生化反应在受试者身上持续了一个月之久，而那些在城市环境中度过相同时间的受试者身上则没有发现这些变化。

原来，我在屋子背后看到树林时感到精神放松，并不仅仅是因为我喜欢观赏这种美丽的植被景观，更是因为有心理反应实实在在让身心产生了变化。那么，大自然缓解抑郁、改善健康的生物学机制究竟是什么样的呢？

有更多研究给出了具体答案。为了防止受到病毒和细菌的感染，许多植物会产生挥发性物质和油脂，这些被统称为植物激素。研究"森林浴"的团队发现，吸入植物激素会对人体的免疫系统、内分泌系统、循环系统和神经系统产生类似的效果。

这些油脂大部分没有非常强烈的气味，但能对人体产生效用。5月的树篱会散发出木香，这种香氛正是不同植物激素的混合体。当我们身处大自然的时候，会无意识地吸入它们。

通过分析血清素的变化，可以发现更多线索。血清素是一种在大脑神经细胞之间传递信号的化合物，而这种神经递质的水平在抑郁症患者身体中较低。目前还不清楚血清素水平低究竟是情绪低落的原因还是其造成的后果，而且大脑中肯定还有其他机制参与情绪调节，但血清素和人类情绪之间似乎确实存在联系。与大自然互动会影响血清素水平，事实上，仅仅是身处户外就有效果：当阳光照射到皮肤或视网膜上时，会触发血清素释放；天气越晴朗，血清素释放的水平就越高。11月至3月期间，北半球日照水平较低，会导致一些人患上冬季抑郁症（也叫季节性情感障碍）。而我就很容易遇上这种短暂的季节性低落，对我而言，过冬是一件难熬的事情。

还有一个更令人惊讶的方式会影响血清素的水平，那就是和泥土亲密接触。有时人会接触到土壤中的益生菌。以母牛分枝杆菌为例，这种细菌的细胞壁上有一种蛋白质，可以触发人类大脑中特定的神经细胞释放血清素。这么看来，修剪草坪的益处可不仅仅是让草坪变得整齐了。

最后一点，当我们进行诸如散步这样的轻度运动时，血液中会释放内啡肽。这种神经递质可以减少疼痛，并带来轻微的欣快感：一种温和、自然的兴奋。叠加阳光、植物激素和土壤中益生菌的作用，于是当我们在花园、田野和树林中散步时，就好像走进了一个无形的天然药箱。随着科学的不断发展，还有更多谜底尚待挖掘，但我已被当前的研究分析迷住了。当我在植被间漫步时，脑内化学物质、内分泌和神经系统的平衡正在变化，影响着思维和精神健康。无数次亲近大自然的经历，让我感受到了环境带来的疗效。每当我陷入抑郁时，知道可以做些什么来自救。对此，我深感欣慰。

身处广袤的大自然中，然后把目光投向树桩上或草丛中那些错综复杂的微观世界，能极大影响我的精神状态。散步时，我的大脑会进入一种专注状态。我专心致志地收集植物标本、空蜗牛壳、莓果和穗头，感觉自己徜徉在细节之中，深深沉浸在周遭环境里。我强烈地觉得，这来源于一种古老的寻觅本能，它能够分散和消除焦虑，让人在散步时专注于当下。我把它当作一种野外瑜伽。我的标本收藏里每个季度都会新增拍摄的照片，收集的各类常见植物、花卉和一些新发现。

1978 年，我在祖父的书柜里发现了一本画册，它能够帮我辨认散步时看到的各种植物，通过查阅叶子知道花朵的名称。这本画册包了一层很好看的书皮，上面印着各式各样美丽的野玫瑰，还有它们的果实和叶子。随手翻开画册，便进入了一个植物仙境。这本《彩色简明英国植物志》（*The Concise British Flora in Colour*）中的插图，都像是来自3月的灌木丛或6月中旬的林地。自从发现了这本画册，我一直为这些插画着迷。画册的作者是威廉·凯布尔·马丁牧师（William Keble Martin），他在20多岁时就开始用水彩描绘英国的野花，88岁时才出版这本画册。他将一生大部分的时间用于创作这本精美的著作，全书共有1400多幅小画，每一张都十分静雅美丽。在植物学上，他也做到了专业准确，帮助成千上万人识别度假时在田野或在沿途铺路石之间发现的东西。书中的每一页排版都精美得让人赞叹不已。

凯布尔·马丁的插画排版错综复杂，植物互相缠绕，让我爱不释手。画册每一页上的植物，都好像长在荒野和墓地的角落里，为了阳光和空间拼命生长着。如果你站在林中仰望天空，就会发现树与树之间的枝杈是不会重叠的。相邻的树枝会停止延展生长，互相之间留下狭窄的空间，仿佛树木之间有微妙的默契，达成了协议，以便在有限的空间里最大限度让彼此都获取阳光（这种现象在植物学上叫作"树冠羞避"）。画册封面上丛生的野花，也是"树冠羞避"现象的缩影。画册中植物的布局，说明作者花费了很多时间去钻研大自然中植物间的生长互动。

每当抑郁情绪袭来，只要看看《彩色简明英国植物志》中的图画，凯布尔·马丁的那些精美又充满自然主义意趣的创作就能稍许治愈我，让我觉得仿佛身处乡野之中。当抑郁症困住大脑、精神世界陷入寒冬之际，我就会打开这本书，它可以让我足不出户一探春天。这本画册就是由纸墨调配的抗抑郁剂。

我喜欢观察植物、昆虫、贝壳、鸟类和哺乳动物，喜欢打量它们留下的痕迹，但有些时候我还想把它们带回家，这种行为往往伴随着一种强迫症，那就是总想以某种方式记录所见所闻。通常，我会通过摄影来记录它们，但有时候我更想把那些特别熟悉的物种画下来。这种冲动也许来源于人类的祖先——他们会在居所或洞穴墙壁上涂画观察和狩猎到的动物，例如法国拉斯科洞穴里的图案。也许，这些洞穴画是为了显示作者对动物的尊重和敬畏——这也是我会在散步后拿起铅笔或钢笔把它们画出来的原因；也可能洞穴画是为了感激生物为人类提供了食物来源。但我在此声明，我没有吃过自己画的任何生物。

如果看到知更鸟，我会感到兴奋，抑郁情绪也会缓解，所以我喜爱画知更鸟，也许是为了让这种效果维持得更久一点。

在我的第一本书《制造冬天》（*Making Winter*）里，我介绍了创造性活动对精神健康的益处。画一幅荠菜素描，涂一张戴菊水彩，把收集来的植物制作成标本，都像野外散步一样能慰藉心灵。用铅笔绘出一只像模像样的雀鹰，就仿佛亲身遇见它那样，可以把思绪从困苦、消极的想法中捞出来。不必画得完美无缺，重要的是静下心来反复观察与绘画。大自然本身和我用心记录的景观，似乎在某种程度上能共同起效。因此这本贯穿全年的大自然漫步之书，也只有配上绘画和照片才完整。

待在野外或花园里，观察那里生长的植物和野生动物，可以缓解我的抑郁症状，这已成为自我治疗的一种方式。但无论如何，我不会建议用这种方式来代替医学上专业的抑郁症治疗。我仍需要依靠抗抑郁药和谈话疗法来防止病情恶化，但抑郁症对我的影响程度与季节、日常压力水平有关。我发现，抗抑郁药和相关治疗所提供的基础疗效，有时不足以阻止我陷入消极。正是在这些时候，散步于欧榛树和山楂树之间，可以降低皮质醇水平，引起神经递质变化，我需要用这种方式来抵御抑郁。即使是在感觉良好的日子里，每周散几次步也似乎有累积效应，可以使情绪低落时病情不那么严重。

　　精神状态不错的时候，去树林中或田野里散步，可以帮助你度过之后常见的低谷和焦虑时期。如果生活处于持久的疲惫不堪状态，整个人陷入胶着的痛苦和悲伤，有鸟儿的树林可以转移注意力并疗愈心灵。如果你面临世界末日般的截稿日，待办事项像M4高速公路（连接伦敦和威尔士的高速公路）一样长，或者在苦等抗抑郁药生效，那就去森林里散步吧。我希望，如果抑郁把你钉在沙发或床上，让你在悲伤的泥潭中挣扎，读读我的所见所闻，看看这本书中的照片和插图，也许你会鼓起勇气走出去，找找田螺或黄鼠狼，这样能缓解你的郁闷和低落情绪。所以，可以的话，去散步吧！到外面走走，开车兜兜风，去寻找绿色，去看看毛茸茸的小动物或者鸟儿，哪怕就在你的后花园。真的会对你有帮助。

　　这本书所写的，是一整年里我在户外探索时看到的一切，既有痛苦难熬的日子里的散步，也有万事顺利、阳光明媚、鸟语花香的日子里的探索。我描述的景象都很寻常：我没有邂逅美丽的金雕，也没有与苏格兰野猫结下亲密的友谊。除了一次在山上找到的一朵小兰花外，这本书涉及的物种都比较常见，很多都可以在城市公园里找到。我在书里写到的，是在如宝石般绚丽的满地秋叶中发现新冒出来的柳絮，或是在麦茬边发觉一只雀鹰掠过，以及这些体验是如何慰藉心灵的。正如小说家爱丽丝·沃克写过的那样："早在孩童时期我就明白，那些我本应在教堂中获得却从没体验过的感受，全都在大自然中。"

北安普顿郡费尔明森林里的小路　›

目录
Contents

*10*月　　落叶为大地铺上地毯　迁徙的鸫鸟纷纷抵达　　　/001

*11*月　　阳光渐弱　色彩褪去　　　　　　　　　　　　/017

*12*月　　白昼极短　椋鸟聚齐　　　　　　　　　　　　/033

*1*月　　七星瓢虫睡着了　雪滴花儿发芽了　　　　　　　/047

*2*月　　樱桃李初绽　蜜蜂们首访　　　　　　　　　　　/063

*3*月　　山楂树抽枝　黑刺李开花　　　　　　　　　　　/079

4月　丛林银莲花绽放　第一只燕子到访　　　　　　/095

5月　夜莺归来　峨参花开　　　　　　　　　　　　/115

6月　荨眼蝶飞来　蜂兰绽放了　　　　　　　　　　/129

7月　野胡萝卜花盛开　斑点蛾登场了　　　　　　　/145

8月　峨参发芽　李子熟了　　　　　　　　　　　　/163

9月　蓝莓已熟　燕子将徙　　　　　　　　　　　　/179

致谢　　　　　　　　　　　　　　　　　　　　　　/195

我走出小屋，每年此时的阳光都十分温柔，有一种流动的质感。初霜为绿草盖上了一层薄薄的结晶，清晨的空气十分清冽，略微刺鼻又令人愉悦。树林间飘荡着腐叶和泥土的香气，甚至有点诱人。最后一批燕子就要飞离。秋天来了。

安妮是一只10个月大的小勒车犬，我从动物救助站领养了它。安妮是我散步的好伙伴。它有一身太妃糖色的毛发，四肢细长，喜欢奶酪和獾的便便，热爱森林。如果早餐后我忙着工作无法脱身，它就会不开心地呜咽，叼着牵引绳在客厅里跑来跑去，然后把鼻子塞进我的双手和键盘间，阻止我继续打字。安妮特别喜欢和我一起早上出门遛弯。在树林里，我悠闲地观察瓢虫，或者拍下树篱边的窃衣，它在一旁不知疲倦地巡逻：检视有松鼠打闹的树木，嗅闻麂子穿过树篱的地方（动物穿行后在树枝和树丛中会留下小缝隙），衔起落叶，翻啃烂苹果，把狐狸的粪便抹在自己身上。安妮完全沉浸在树林中，好像被自己的狼类祖先所附身，它汲取着每一种气息，尽可能让自己的身体沾染上这些气味。

今年10月初的天气就像5、6月份那样，暖和到可以穿短袖，在树林里散步时，阳光普照，温暖如春。这反季节的晴朗天气使我的情绪高扬。阳光拨弄着我大脑中看不见的神经递质转盘，调节着情绪，让我深感愉悦。森林如此美妙，每天我都愿意早起到这里散步。

树林深处的林间小径通往一片空地，最后一片蓝盆花用蓝紫色照亮了枯褐的草丛。年初时，黑矢车菊花丛中有许多蝴蝶和蜜蜂交配，现在花丛已经凋谢。黑矢车菊剩下的花穗看起来像小松果，上面的木质鳞片相互交错，令人赏心悦目。

漫步其间，诚然有时候只想单纯待在林中，但更多的时候我总是特别想去收集、拍摄和记录所发现的东西。但今天，我有种强烈的冲动想要画一些松果，便带了一些回家。

当我和安妮穿过空地时，看见修剪过的草地上有一闪一闪的光亮，原来是几十只条斑黄赤蜻聚集在一起，似乎是在草皮上方翩翩起舞。当它们跳跃旋转时，翅膀就会反射光芒而闪烁。这场景像仙境一样美，我特别想把它保存下来，到

黑矢车菊

冬天拿出来回味。但手机镜头捕捉不了它们的舞姿,我只好停下脚步,静静欣赏几分钟,努力把这邂逅的美景铭记在脑海里。回家后,我查阅了关于条斑黄赤蜻的资料。这种蜻蜓哪怕到 11 月底也十分活跃,它们喜欢在林地里捕食小虫子,秋天可以看到它们交配的场景。我确实曾见过四五只在花穗上方像"调情"一样地跳舞的蜻蜓。不过,我好奇它们在什么地方产卵。后来我想起,就在离它们交配地十几米远的地方有一处放羊场,旁边有一个小池塘,它们应该就是在那儿产卵了。在我印象中,蜻蜓的求欢舞是森林里秋天来临的信号,每年 10 月我都会找寻这小小的奇观。

条斑黄赤蜻

10 月,大部分树木在落叶之前,会停止制造树叶中的叶绿素。叶绿素是光合作用的重要元素,当它们被树木分解吸收后,叶子本身自带颜色的成分就会显现。每年此时,森林和公园里都是一片橘黄，这主要源自树叶里的类胡萝卜素和类黄酮。花青素也在秋天开始合成，所以一片红、橙、黄之中，偶尔会出现粉色和紫色。春夏时节，欧洲卫矛、山楂、栓皮槭和樱桃五彩斑斓，争奇斗艳。而当天气转凉，景致变得单调和荒芜后，这些植物又揭开了一层面纱，露出另一种色彩。

树林里有一个地方，位于两条小路的交叉口，路边有一片欧洲卫矛，它们的落叶在林地上绘出一幅精美、昙花一现的拼贴画。10月的欧洲卫矛叶，颜色美得失真。许多叶子呈现出亮丽的紫红色，有些则是淡雅的浅黄色，还有一部分是两种色彩拼接在一起，中间的分隔线十分明显，还有一些几乎淡到看不出颜色。就像蜻蜓起舞的画面一样，我也想把这些颜色刻进脑海——到了单调的1月，我就可以不时地回味。用不了几个星期，乡村景致的色彩就会变得十分单一。就好像在沙滩上收集海玻璃和贝壳一样，强烈的本能驱使我收集这些鲜艳的落叶。我便捡了一些带回家。

当人类探索新环境、寻找新资源的时候，大脑会释放神经递质多巴胺，产生一种短暂的兴奋感："收获的喜悦"。这可能来源于古人类的狩猎采集生活。对人类祖先来说，如果发现了一片结满果实的沙棘林，或者一大片野草莓，意味着可以补充大量热量，直接关系到生存。因此，一旦发现野果，人类就会积极采摘，并带回居所进行储存。反过来，每当

觅食有所收获，都会刺激大脑产生奖励机制，促使觅食成为习惯。

而我收集欧洲卫矛叶子时感受到的喜悦，很可能就是这种古老反应的遗传。不管收集落叶带来的积极情绪与进化论有何关系，我很清楚的是，它调节了大脑中化学物质的平衡。因此，我喜爱漫步在色彩明丽的落叶边，吸收它们抵抗抑郁的魔力。阳光如此温暖，只消几分钟，五彩斑斓的落叶就能让人心情大好，我甚至能品味出这种情绪的甜美。

继续沿着林间小路前行，我注意到安妮总是在狐狸和獾的粪便里开心地打滚。以前，它在便便里打完滚之后，会兴高采烈地张着大嘴跑回我身边，好像它刚泡在最稀有的手工巴黎香氛中，想要和我分享这份"奢华芳香"。我曾经总想洗掉它身上来自森林的痕迹和味道，但这么做会让它不开心。洗完澡后，安妮总是会生几个小时闷气，整个房子都弥漫着它身上湿漉漉的气息。所以，我现在不太愿意用宠物沐浴露给它洗澡了。

安妮消失了一两分钟，我原地不动，仔细聆听它项圈上的骨头状徽章是否有响动。然后，寂静被打破了，但并不是来自安妮的项圈，而是附近某处一连串尖锐的小声音。我的余光瞥见一些动静，便试图找寻来源。

< 安妮在小屋附近的森林中

之后，在小路边的黑刺李中间，我看到一只黑色的小生物：一只小鸟，藏在交错的树枝之间，几乎看不出身形。它停留在一个狭小的空隙里，两三枝细树枝就可以盖住。小鸟来回飞着，显然正在捕食小昆虫，丝毫没有注意到我，也没有被我打扰到。我看到它身着深橄榄绿色的羽毛，头上有细黄色条纹。这是一只戴菊，可能是今年新生的幼鸟。

戴菊和火冠戴菊是亲戚，也是英国最小的鸟类之一。虽然很常见，但不易被发现，因为它很善于藏匿在树叶之间，行动隐秘。眼前这只戴菊，看来是想充分抓住天气还暖和的时机捕食更多昆虫，以至于没有被我惊扰，自顾自地在树枝间飞捕食物。看到这只戴菊，我产生了一种熟悉的感觉。小

戴菊

时候,每当夏末时节,如果在爷爷家的池塘边发现一只小青蛙,或者在堆肥旁的一片荨麻叶子上看到一只瓢虫,我会突然感到晕眩,情绪也高涨起来。对我来说,这种发现比吃一块美味的香槟松露巧克力还要愉悦,甚至比在沙发背后找到10英镑还要美妙。因为这是一次全新的探索,遇上了一只小小的生物,是一次专属于我的宝藏经历。

10月的森林里,并不只有变色的叶子令人兴奋。今年,野玫瑰、山楂树和黑刺李都挂满了果实。它们的树枝看起来就像串着果蔬珠子的植物项链,美丽至极。

今年是"浆果年"或"丰收年",野果产量比往年高,枝条都挂满了果实。英国民间传说认为,果实丰硕的森林,预示着一场严冬。我喜欢这个说法:树木预感严寒即将到来,就会努力产出更多食物,为鸟类提供秋季储粮,帮助它们在寒冬里活下来。事实上,森林大丰收是因为温暖干燥的春季提高了授粉率,7、8月的降雨使大量的浆果胚胎开始膨胀发育。虽然真相没有传说浪漫,但每次想到天气转冷时,森林会为乌鸫、鸫鸟和斑尾林鸽准备好丰富的粮食,我都会感到很暖心。

随着时间的推移,我开始留意村子边缘的黑刺李和林子外围杂乱树篱中的鸟类。来自斯堪的纳维亚半岛、冰岛和西伯利亚的鸫鸟、白眉歌鸫和田鸫等鸟群已抵达英国越冬。它们在森林果实大丰收的时候降落于此,然后就开始享用山楂、花楸和沙果。

黑刺李丛中飞舞着美丽的斑胸啄木鸟,它们在果子上大快朵颐,或在耕地上寻找虫子。这是沼泽地带10月份常见的景象,对我来说则尤为珍贵。

森林现在还算葱绿,很多树叶还没有变色,有些窃衣和狮牙苣还开着花。虽然夏末的印迹尚存,但沿着修剪过的草地小径,我已经注意到明年春天的细微迹象了。在草茎之间,可以看到小而精致的蕨类叶子,它们是峨参幼苗,是我最喜欢的野花品种,它们的种子在8月成熟,之后就会落地发芽,小小的新芽会继续生长,直到温度降到4摄氏度以下;之后大多数幼苗都能度过冬天,到第二年5月再开花。

与峨参幼苗相邻的是原拉拉藤的幼苗,很多孩子喜欢在外面玩时摘下来粘在外套(或他们爸妈的外套)上。它的俗名有粘鲍勃、鹅草和粘草,新芽有细长的茎,沿着茎秆点缀着精致的小花骨朵。冬天,温度只有零上几度的时候,新芽们一直保持这种样貌,缓慢生长。它们就预告着来年春天已悄然潜伏在森林里。这种想法让我特别振奋,我暗暗

白眉歌鸫和田鸫

对自己许诺,在冬天那些阴凄凄、难熬的日子里,我要来看望它们。

四季在沼泽地流转,我对大自然,特别是屋子附近的植物也越来越了解。如果发现了不认识的植物,我会努力弄清楚它的名字,找到它在植物家族中的位置。我慢慢对这里越来越熟悉。

有一天,我发现了一株陌生的、小巧精致的花朵。它长在空地边缘,在白垩土里扎根,叶子投下斑驳的阴影。这朵花特别精美,花茎约15厘米高,花朵为粉色和紫色,形状像小杯子。凋谢后的花朵露出小粉扑一样的穗头,像蒲公英。

我推测它可能是蒲公英的一个变种。回家后，我查遍了参考书籍，还用谷歌搜索了一番。但参考资料中并没有同样的植物，类似的花朵大多是黄色的，外观更加艳丽。谷歌搜索"英国蒲公英"，也没有结果。

然后，我翻开了凯布尔·马丁的画册，第44页上，一朵小小的粉紫色花映入眼帘，同一页上还有雏菊和紫苑。我找到它了，原来它叫长茎飞蓬。凯布尔·马丁的画完美捕捉了这种植物的简约之美。这可是崭新的发现。我急不可耐地回到树林中去寻找更多长茎飞蓬，并把它们画下来。我抓起铅笔，在画布上记下这种低调花朵的外形，那些困扰我的思绪统统远去了。

10月底，我常常觉得十分疲倦，情绪也很低落。冬天缺乏阳光，影响体内血清素水平，会引发冬季抑郁症。据称，部分人群对冬季光线减少更为敏感，身体里神经递质水平变化也更为明显，最终导致11月至来年3月有嗜睡和情绪低落的表现。英国有20%—30%的人都患有某种形式的季节性情感障碍。我每年也会有这种症状，所以，我开始担忧自己的大脑神经元像放久了的茶一样，已经开始发酵。到海边待一待，可能有助于抵御消极状态，因此我去肯特（Kent，英格兰东南部郡名，被誉为英格兰的花园）找好友海伦，然后一起驱车前往遍地鹅卵石的邓杰内斯海角。

～10月～

　　状态不好的日子里，我常常读《德里克·贾曼的花园》(Derek Jarman's Garden)，书中有霍华德·苏利拍摄的精美照片，读起来十分惬意。在这本书里，贾曼讲述他如何布置邓杰内斯海景小屋周围的鹅卵石，令我十分着迷。他沿着海岸线搜集了许多干枯又精美的海洋植物、鹅卵石、金属和漂流木，用来装饰花园。贾曼还搜集了很多当地的野生植物，捡回被海浪送上岸的生锈圆形物件，搭建了一个几平方米的盆景，错落起伏，十分好看，令人叹服。虽然都是风干的植物，但颜色十分鲜艳翠绿。我太想拜访他的海景小屋了，但我决定先去看看鹅卵石滩上的青苔，那里的青苔和一些超级耐寒的植物组成了一片只有不到4厘米高的复杂微观世界。

长茎飞蓬

　　青苔是邓杰内斯鹅卵石滩为数不多的物种，它们能够忍受这里的干燥。每片青苔都是一处微生物共生菌落，里面有真菌、藻类和细菌。青苔镶嵌在鹅卵石的缝隙中，形成了美如挂毯的地貌。软石蕊和袋衣的水灰色、石黄衣的芥末黄和地衣的淡黄绿色，都是如此柔和美丽。

　　我和海伦漫步在这些耐寒的微观森林之间，拍摄了搁浅

10月

在鹅卵石滩上的木渔船——船的颜色已经被漂白了,然后去贾曼的海景小屋逛了逛,欣赏了那些由玫瑰果、尖尖的罂粟穗和小鹅卵石打造的盆景。我们又去酒吧吃了炸鱼薯条,聊了好几个小时。有海伦的陪伴和广袤的鹅卵石滩,我感觉自己坚强了许多。这次短途旅行缓解了我内心暗涌的低落。

季节性抑郁现在还没有太发作,但两个月之后进入隆冬,太阳继续向南半球移动,我的动力和能量会被一点点夺走。我渴望能在邓杰内斯海角汲取更持久的能量,但却不得不回家。

< 邓杰内斯的青苔景观

015

11月

阳光渐弱

色彩褪去

说实话，我不太喜欢秋天，因为它很狡猾。初秋总像在暗示：今年冬天不会来了。"看！"秋天仿佛在说，"窃衣还开着花呢，天气也暖和得像6月一样。"这是它的小伎俩。只要大气层发生一点点变化，"秋老虎"就会变成乌云密布的天气，伴随着渗入骨髓的寒冷。每当这种变化发生，我就知道没有阳光的惨淡日子就要来了，并为此伤心至极。

每一年，迎接秋冬季节就好像攀登高山：峰顶隐隐约约在前，仿佛不可逾越，耗尽人的体能。我畏惧这种"山峦"，要是可以用挖出英吉利海峡的巨型盾构机在"山"上凿出隧道就好了。我巴不得能直接跳过接下来的几个月，直接进入明年2月，像一只5英尺（英美制长度单位，1英尺等于0.3048米）10英寸（英美制长度单位，1英寸等于2.54厘米）高的鼹鼠一样，在冬眠后探出脑袋，目睹黑刺李开始发芽生长。太阳离北半球越来越远，也带走了我健康的精神状态。冬季抑郁症无情地把我撂倒，如果我彻底屈服，就几乎不可

水青冈树叶

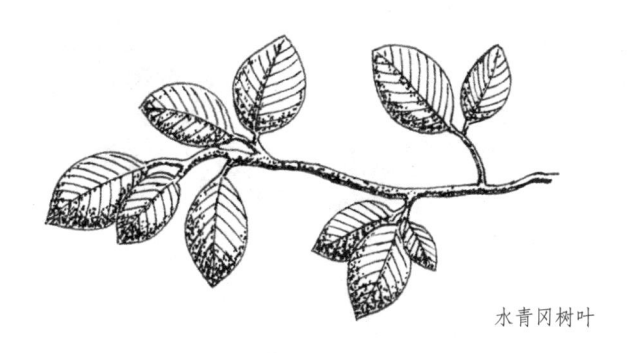

能从沙发上起身了。

因此,到了 11 月以后,每一次散步都对我十分重要。无论天气如何,10 分钟的林间漫步都能调节大脑中的神经递质,改变思绪,让我继续撑下去。要是有阳光的话,脑中调节情绪的化学物质就能发挥更大效用;如果能发现一只鸦、几朵窃衣花或一只在树叶上晒太阳的帕眼蝶,作为一名普通的大自然观察者,这就算是大丰收了——也意味着这次散步的疗愈效果更好,我可以欣喜若狂地回家,暂时忽视即将到来的冬天。

我喜欢寻找色彩。凛冬将至,我渴望在森林和树篱中发现尽可能多的鲜艳色泽。虽然这个时节的天空总是灰灰的,但森林中还是有很多美丽的颜色,我打算去寻找它们,上个月欧洲卫矛的叶子就让我无比振奋。

到了这个月,欧洲卫矛的果子也熟了,呈现出动人的鲜

黑刺李结的果实

粉色和橙色，色彩十分迷幻。同时，枫树的近亲栓皮槭的叶子变成了金黄色，水青冈的树叶呈现出有光泽的金铜色，黑刺李的表皮裹上了一层精美的霜花。和上个月一样，我深爱这些美景，但因为这种景致会越来越少，所以那种想要留住和拥有它们的欲望也更加强烈。我想趁它们还鲜亮的时候，把这些颜色统统印在视网膜上，装进口袋里。像植物大搜查一样，每种植物我都采摘一点点，把它们带回家，然后再拍下来。

　　白天湛蓝的晴空意味着夜晚的清冽。地面温度下降后，阴凉处就开始结霜。这种天气很容易催人去散步：晴朗的白

11月6日的林中收获

水青冈叶

常春藤

野玫瑰

黑刺李

山楂树枝

欧洲卫矛叶

天吸引着我走出家门。林子里,上个月的落叶已经变得褐黄,在冰霜、泥土和人类踩踏下,变得十分柔软。我沿着林中空地边的小路踱步,上个月还生机勃勃的樱桃树已经落光了叶子,颜色也已经褪去,但在樱桃树之间,我看到了一块黄色,便穿过树林去一探究竟。树后面是一株栓皮槭,6月的时候这儿还能看见蜂兰和掌裂兰,到了11月就只有这株栓皮槭了。这棵树是日本槭树的表亲,也是枫树的远亲,在新英格兰地区,每年秋季,枫叶都会因为其美丽的颜色而广受人们喜爱。枫叶的色调着实令人惊叹:比报春花更亮眼,犹如柠檬一样鲜艳。我静静驻足凝视,11月暗淡的阳光从背后洒下,点亮了每一片叶子,形成了彩色玻璃一样的绝美自然奇观。每年此时,由于太阳在北半球的直射角度变化,光线相对更偏金色,阳光照射到树叶上之前经过了大气层的过滤,让叶子闪闪发光。我用眼睛全力吸收这光彩,内心感到一阵狂喜。回到空地上后,我想找找蜂兰凋谢后留下的穗头,但没有找到。穗头肯定是有的,但它们深藏在草丛中,在薹草和野胡萝卜的叶子之间。

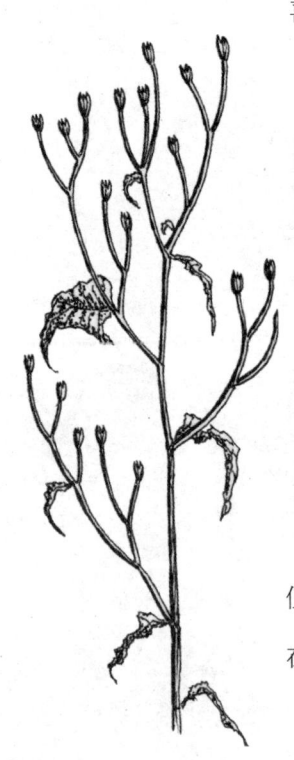

11月

雀鹰

探索大自然就好像坐公交车一样,沿途会邂逅各类生物。我在11月就经历了好几次。本来已经好几个月没看到雀鹰了,但这个星期就碰见了两只。有一天早上,我和安妮走到树林深处时,远远看到一只雀鹰出没。但是,这一幕很快就消失了——顶多两秒钟,像是余光里闪现了一处模糊的影子,以至于我怀疑是不是真的看到了一只隼形目动物。它仿佛是披着羽毛的幽灵,在几米远的树木之间快速掠过。我瞥见了它胸前奶灰色的横条纹羽毛。雀鹰一跃飞起,张开双翅,轻巧地调整角度,毫不费力地避开树干和枝杈。它在空中飞行的敏捷身姿,显示出其所具备的精准方向感。看来,雀鹰的大脑里有一个小巧但十分强大的猎捕系统。

遇到第二只雀鹰时，我正堵在萨福克（Suffolk）的路上。路两边都是野地和灌木丛。突然，我注意到远处有一个毛茸茸的东西在动。走过去一看，原来是一只雀鹰，它在离树枝几厘米的上空出现，一跃飞入野地，有规律地挥舞翅膀，快速掠过麦茬。它掠过列队的汽车，飞向路的另一边，最终越过树篱，消失在视线远处。雀鹰仿佛一架死亡飞机，带着杀意冲向麻雀、鸽子和椋鸟。在灰蒙蒙的无聊日子里，这次邂逅雀鹰成了我人生中的高光时刻。雀鹰善于隐蔽，难以捕捉，意志坚定，常常在树篱、高墙后或树木之间突然出现。因此，碰见雀鹰的感觉比看到一只红隼在天际盘旋要更刺激。在猎食者的比拼中，雀鹰无疑比红隼更胜一筹。

我每天都得带安妮去林中溜达一圈，否则这只狗狗过于充沛的能量就无处释放。安妮会在家里摇着尾巴，疯狂地上下楼梯。如果看到客厅窗外有来回散步的乌鸦，它会冲着乌鸦们献上女犬高音。每当我的神经被抑郁的大黑狗狠狠咬住时，都是安妮这只小橘狗把我拉出来。

要是我迟迟没能带它出门，安妮会四处发脾气。它会找到特定的发泄对象，例如壁炉刷。它会冲着刷子发怒，疯狂啃咬，如今这把刷子的毛和手柄都被啃没了，只剩下被咬秃的主干。被关在家里时，它还特别讨厌铅笔。有一次我因为要接一通电话,没能按时带它出门,后来便发现我最爱的德温特HB 铅笔变成了碎渣。

11 月的第三周来临,天气阴沉沉的。我的内心在剧烈挣扎,抑郁症试图让我瘫痪,而我也努力反抗它。秋末冬初,由于缺乏明媚的阳光,我的能量在极速流失,只想宅在家里一动不动。家中琐事带来的长期焦虑和压力,让我日益烦躁。但我也清楚,如果能起身离开小窝,到树木之间流连一阵,就能有效缓解症状。

虽然天空低沉,我还是成功地迈出了家门。安妮高兴极了,我们沿着老路走入林子。在所有的散步路线中,我最喜欢的就是通往林中空地的那一条,它与绕林小路相连接。春

山楂

夏时节，空地上挤满了野花：矢车菊、狮牙苣、野胡萝卜、婆罗门参、飞蓬，以及相当少见的蜂兰和紫斑掌裂兰。绕林小路上，有时可以发现在花穗上冬眠的瓢虫。路的一边有高高的黑刺李，冬天的时候，鸫鸟和灰雀喜欢在上面停驻；路的另一边，矗立着一排小水青冈。

在绕林路和林中主路的交叉口，有一条被黑刺李和野玫瑰缠绕的横木长凳，长凳一角长着一株胡桃树。这里是我最爱坐下来的地方之一，特别是阳光暖洋洋地照在脸上的时候。长凳的另一边是一棵成熟的欧榛。长凳的对面有一棵樱桃树，树下长着玫瑰。长凳的最后一角是一株欧洲卫矛，我上个月刚收集了它的叶子。

走近这个交叉口时，我有了新发现：欧榛上有一些淡灰绿色的小点。我把脑袋凑过去一瞧，这些小点在灰色天空和枯木的衬托下显得更亮眼了。它们是欧榛的雄花，花胚只有回形针大小。这些雄花会一直生长到明年 2 月，然后绽放并释放花粉，星形的小雌花到时候会捕获这些花粉。

天气阴沉的月份里，我会刻意寻找微

榛树的穗

小的景观。微观植物就像灯塔一样,安慰着我,告诉我春天一定会来临。这些尚未成熟的花芽们,和上个月的峨参幼苗一样预示着:春天会来的,夜晚会变短的,我也会从抑郁中解脱的。我在欧榛边停留了一会儿,注意到安妮正在嗅闻某种动物留下的排泄物。在它把自己弄得臭烘烘之前,我赶紧牵着它离开了。

11月的最后一个星期,我愈发清晰地感到消极力量盘踞于脑海。低落之际,我需要更持久的漫步,如果不行,到海边去待一会儿也管用。回想起上个月的邓杰内斯之旅,我打算顶着寒风苦雨,再去一趟海边。我开着车前往埃塞克斯郡(Essex,英格兰东部的郡)朝圣。纳兹河畔的沃尔顿(Walton,埃塞克斯郡的小镇,风景秀丽)是一座非常复古的海边小镇,仍保留着以前的样貌,沿街是简朴的咖啡馆和老式五金店。虽然我也喜欢吃冰激凌、堆沙城堡和玩推币机,但今天我打算去参观纳兹塔(Naze Tower),再去主海滩的北岸走一走。

我把车停在了纳兹游览中心停车场,沿着通往沙滩的水泥路北行,穿过沙滩后一直走到了悬崖边。这片悬崖就像一块展示不同地质年代的千层蛋糕,崖顶草丛下方能看到细长的石条，好似垂直的时间线。这些砾石来自60万年前的泰晤士时代。我很喜欢这个想法：泰晤士河早在人类定居于此之前就开始形成，慢慢变成今天穿过伦敦的样子，它蜿蜒流过埃塞克斯，留下大量的鹅卵石滩。我又转念一想，泰晤士河已经流淌了超过50万年，当这层砾石刚刚成形时，原始人才刚进化为尼安德特人。有考古证据表明，远古的烹饪遗迹与泰晤士河床属于同一时代。思考这些问题，能让我在原地一动不动站上好几个小时。后来，我决定动身到悬崖下方去搜集一些化石。

泰晤士砾石下是一块琥珀色沙地，被称为红色峭壁（Red Crag）。200万年前，埃塞克斯还是一片冰冷的海洋，海洋生物在海床上积聚，沿着海岸堆积出富含贝壳的沙丘，这些沙子最终组成了红色峭壁。由于黄铁矿从悬崖的基底层冲入其中并遭到氧化，所以峭壁呈现出橙红色。

红色峭壁稍微低一点的地方已经风化了，远远就能看到大量暴露在外的贝壳。沙砾中到处都是海螺化石，我开心地走过去。这些是左旋峨螺（Neptunea contraria）的化石，壳的螺旋方向与现代峨螺以及几乎所有其他类目的腹足动物都相反。它们很容易找到，在红色峭壁的衬托下显得有点锈迹斑斑，看起来好像是不久前刚被冲上岸一样，但它们实际上都有几百万岁的年龄了。这是我今天第二次因为看见史前时代的产物而深受震动。

我又走回到海滩,悬崖的最底层和沙地相融合,这是有着5400万年历史的伦敦黏土层(London Clay),看上去像一种柔软的蓝色沉积物,它表明英国历史上曾经有过亚热带气候时期,那时鲨鱼和海龟在温暖的海洋中徜徉。鸟类、甲壳动物、马和鲸鱼等哺乳动物的化石,还有树木的果实和种子,都可以在伦敦黏土层中找到,在沙滩上也有可能发现它们。这些沙地在我看来,就好比是展示奇珍异宝的陈列柜,或者一场奇异秀。

当我开始寻宝时,天飘起了雨。海上不断吹来狂风,寒冷无比。坏天气似是要逼人离开,但我下决心要继续搜寻,一边走一边仔细观察沙地。几分钟后,我发现了一颗条纹鼠鲨的尖牙,它细长锋利,带有黑色光泽,来自生活在大约5400万年前的一条巨大软骨鱼的嘴里。

回家后,我把在沃尔顿的发现一一罗列,既有现代植物,也有贝壳类化石。我认真检查这些贝壳和植物,进入了一种好像画画或揉面时的状态:烦扰不再,万事安宁。我把这些小发现陈列出来,为自己策划了一场临时展览。整个制作过程缓解了忧郁,提振了心情,把我发现这些小物件时的欣喜维持得更久了。

我很好奇这种在整理物品时发生的精神变化,是不是和人类祖先从野外归来后收集处理叶子、果子、种子、坚果和贝壳有关。要研究这中间的联系，需要耗费巨额资金组织一批考古专家和神经科学专家展开研究。我只知道，规整这些发现成果（类似网上常说的"囤积癖"），能消除焦虑，慢慢让我感到微微兴奋。

纳兹河畔沃尔顿发现的化石

矿物化的树枝,来自约5600万—4900万年前的伦敦黏土层。当时英国隶属于亚热带气候区。

条纹鼠鲨牙齿,来自伦敦黏土层。5000万年前,鲨鱼和海龟游离埃塞克斯海岸。

女王扇贝,来自约30万—18万年前的红崖峭壁。

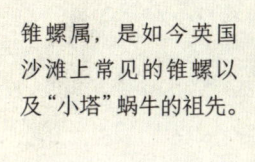

锥螺属,是如今英国沙滩上常见的锥螺以及"小塔"蜗牛的祖先。

左旋峨螺(左),生活在200万年前的一种峨螺。其螺纹与当今的峨螺不一样,反着旋转(右)。

红岩峭壁中发现的蚶蜊壳,和现在的欧洲蚶蜊有点关系。

纳兹河畔沃尔顿的红岩峭壁中发现的小杂烩。

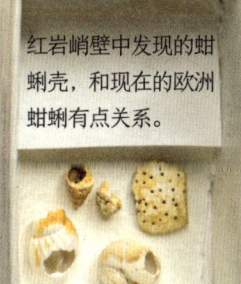

1. 乡村林中的野玫瑰果。

2. 村子树林里的穗。

3. 韦勒姆（Wareham，英格兰小镇，以景色秀丽闻名）附近林子里的松果。

4. 布莱德菲尔德森林中的灰林鸮羽毛。

5. 附近发现的橡树叶和橡树子。

6. 邓杰内斯的石蕊。

12月

白昼极短

椋鸟聚齐

温和的日子悄然过去，即将到来的是严寒和圣诞节。假日气氛里闪烁的灯光和美食大餐，并不能阻止我在12月陷入悲戚。我明白，接下来的几个月将是最难熬的时光。虽然我从没测过自己的血清素和多巴胺水平，但整个人的状态的确在变化，精神很容易崩溃。我认为这些改变是在12月至来年2月之间，大脑神经元和一些化学元素发生变化造成的。

状态糟糕时，我对美丽景色的感受力也会下降。北半球的阳光减弱不仅让人精神变化，也改变了当地的植物生态。春夏季节，我更能保持积极和热情，因为那时有充足强烈的阳光，还有五彩斑斓的报春花、野胡萝卜花、狮牙莒、樱桃花、罂粟花和葱郁的绿叶。而一旦阳光减弱，花朵也不再鲜艳，多彩的景致消逝而去，就会给我的精神带来沉重的打击。

在这几周的时间里，我一动也不想动。而越不想动，就越抑郁，走出家门变得十分艰难。情绪低落，不想动弹，继续低落，更加懒惰……形成了恶性循环，就好像四季流转那样无法终止。我感觉自己更固执了，像一个郁闷的老顽固。我心里明白，必须要找到支点，让自己爬出这个黑暗昏沉、四壁光滑的深坑。

　　我开始强迫自己坚持带安妮散步。草地已经褪去色泽，持续两天的降雨让枯草趴在地皮上，被霜打之后更是无精打采，形成一块一块的褐色泥团，让人联想起垃圾堆里的假发和某位美国总统的搞笑发型。野胡萝卜和蓍草的花穗也褪色了，最后一波狮牙菪也不再生长，这片空地附近的小路泥泞不堪，显得枯燥单调。我开始渴望鲜艳的叶绿色，幸运的是，玫瑰果尚未向冰霜投降，所以林中随处可见朱红色的小点。围绕空地的小路另一边，是一片茂密的山楂树和荚蒾花。它们个头不高，鸟儿们很喜欢停留其中。天气暖和时，可以听见绿啄木鸟、黑顶林莺、鹪鹩、柳莺、乌鸫、燕雀和知更鸟的鸣叫。苔藓覆盖的树枝上，还有一些山楂和李子，我停下脚步观察它们。这些果子的颜色很像红葡萄酒，每颗都有一个星形的疤，这个疤是5月开花留下的，花授粉后便

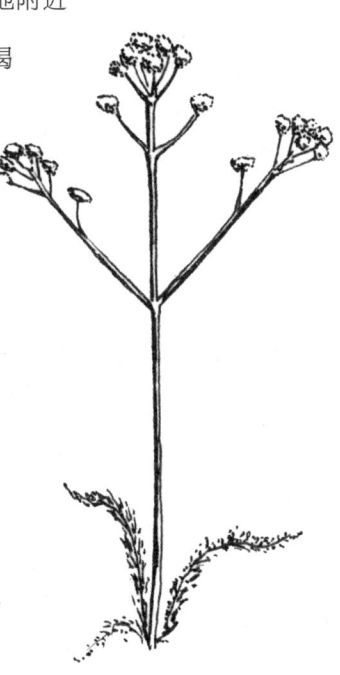

蓍草的穗头

—12月—

结出了果实。看着这些果实，真令人开心。8月的时候，我在这儿摘了上百个李子做杜松子酒。李子和玫瑰属有点关系，用它们酿出来的酒有一股土耳其软糖般的香甜，绝对是令人上瘾的夏日佳酿。深红色的浆果和蓝灰色的苔藓、金黄色的苔藓丝碰撞在一起，令人赏心悦目。我很感激这一天能够有所收获。

我牵着安妮往家走，沿途穿过茂密的黑刺李树丛。在上个月发现戴菊的地方，有好几个角落传来微弱的鸟叫声。鸣叫不断移动，我试着追寻它们的来源。后来，我才发现，是一群长尾山雀正在黑刺李树顶上活动，它们并没有像椋鸟或麻雀那样成群飞行，反而是像接力赛一样排成好几米长的队列。领头的那只鸟先快速向前飞半米，第二只紧随其后，然后第三只、第四只依次前行，直到队尾的鸟追上，队首的鸟

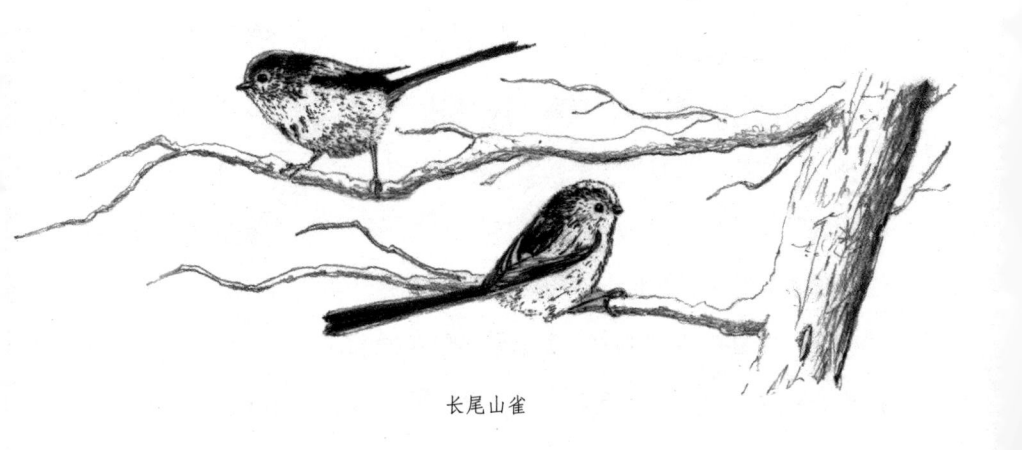

长尾山雀

又继续向前。它们一边飞一边叫,声音尖锐、高亢,像喘着气吹口哨。我被这高度协调的行进方式震撼了,宛若一种翻花绳游戏。小屋附近有一处盎格鲁-撒克逊古迹叫"魔鬼堤"(Devil's Dyke),我曾在那儿见过这种鸟群。此外,在贝里·圣·埃德蒙兹(Bury St. Edmunds,英格兰萨福克郡的一个历史悠久的城镇)附近的布莱德菲尔德森林(Bradfield Woods)里也见过。也许它们这么做,是为了在栖息觅食的地方躲避和迷惑雀鹰。

长尾山雀歪歪扭扭的飞行路线十分可爱,虽然这是拟人的说法,但我觉得它们看上去真的很喜欢跳跃且循环往复的穿林路线。尽管脑中满是挥之不去的消极情绪,但我很喜爱这个小小的自然场景,它分散了我的注意力。安妮并没有注意到它们,我盯着鸟儿的时候,它在路边发现了一只已经发臭的、毛茸茸的死鸟,我还没来得及阻止,它就已经开始啃咬它了。回家后,我还一直担心它会吃坏肚子。

这天下午,我驱车离开,穿过我们的村庄,前往阿普维村(Upware)和威肯村(Wicken)。因为一路上坑坑洼洼太多,开车好像坐过山车。摇摇晃晃中,我感觉自己正在穿越时空。我住的村庄有 400 年的历史,17 世纪的时候,英国和荷兰的文化融合,形成了东英吉利亚这一部分。在进入干旱期之前,这里是大片湿地,人们砍伐芦苇,猎捕水禽,靠打鱼和驳船运输为生。我们最后在距东英吉利沙地不远的地方住了下来,这儿名叫布雷克兰(Brecklands,英格兰的特别保护区),意思是"破碎之地"。地平线上点缀着布雷克兰特有的杨树、柳树和芦苇丛。这一带都是农地,意味着这里的土壤很干净——由于使用了化肥和杀虫剂,生物多样性会遭到破坏。湿地隔开了耕地,而这些湿地已经被国家信托接收管理,正在实施的"湿地景观计划",旨在通过威肯村和剑桥村的保护和管理,恢复500年前的湿地样貌。在我们村庄的边缘,也有一块区域属于这项计划,那是一片带有一个水池的野生草原,有大群椋鸟不时去那儿栖息,夏天有家犬们在那里捉蜻蜓,还有从斯堪的纳维亚半岛飞来过冬的短耳猫头鹰,它们喜欢在结了霜的草丛里捕食。

我开车穿过湿地,远远看见了一群鸟,便向它们开过去。一般这个时节,会有小群椋鸟飞过沼泽。但是眼前这群体形更大,

在空中画出夸张的弧线。我停下车,翻出双筒望远镜,开始观察它们。这群鸟的翅膀轮廓更粗钝,内侧呈苍白色,这是凤头麦鸡,也叫田凫。很小的时候,有一次我通过车窗看到过它们,当时那几只凤头麦鸡站在柴郡 M6 公路边的耕地里,当时我就被迷住了。它们的翅膀显出彩虹般的蓝绿色和黑色,羽毛华丽得像迷彩一样,让人不敢相信自己的眼睛。凤头麦鸡看起来非常有异国情调,好像来自遥远之地,居住在都市

凤头麦鸡

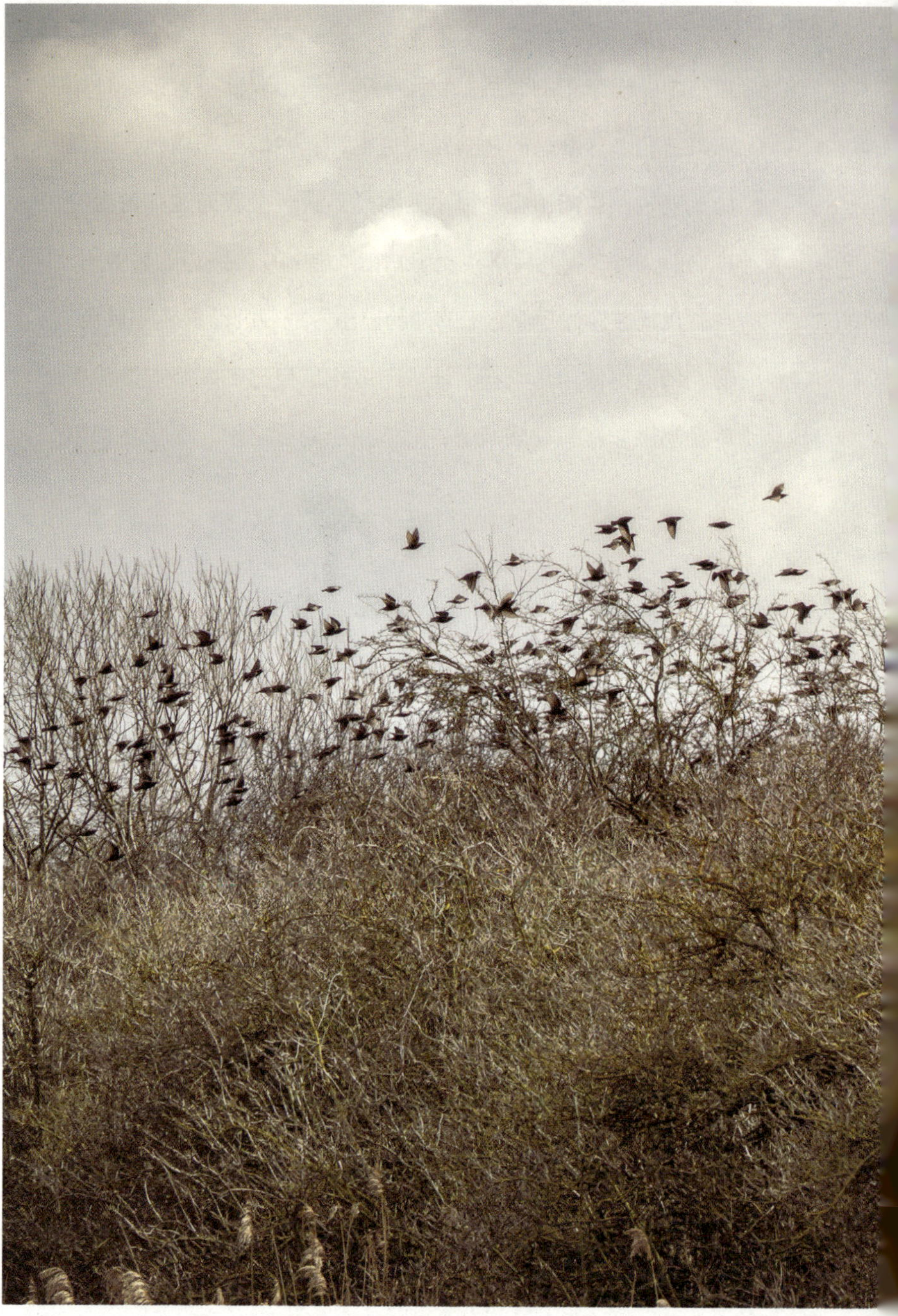

< 湿地里一小群椋鸟飞过

里的人一度把它们视为来自天堂的鸟。这种鸟盘旋的方式和带有金属质感的嗓音尤为迷人，叫声听上去有点刺耳，仿佛在表演口技。

凤头麦鸡在英国受保护鸟类的红色名单上，因为在过去25年里，它们雌雄成对的数量急剧下降。所以，能看到上百只甚至更多的凤头麦鸡在森林上空翱翔和盘旋，炫耀力量，这场面实在令人振奋。那天下午，虽然我的心情并没有随着这群凤头麦鸡完全好转，但还是被眼前的景象鼓舞了。哪怕是一点点情绪波动，都能改善我的状态，因此我坐在车里盯着鸟群好几分钟才继续上路。

20世纪以来，凤头麦鸡的数量有所下降，但在湿地、野牧场、春播庄稼地和未经改造的草原上，有它们四处分散的栖息地，这样有利于凤头麦鸡育雏。

12月21日，冬至，日照时间达到全年最小值。长时间的黑夜压得我起不了身。冬天仿佛密不透水的花岗岩，严严实实封住了我的脑子。生活开始变得像在黏稠的泥泞中跋涉，每天都让人筋疲力尽。这是全年最艰难的几周。我严重缺乏那种能让人打起精神、感受快乐的神经递质，而且随着白天时间的缩短，神经递质也越来越缺乏。我感觉大脑中的多巴胺和血清素的水平可能很低，但我还想知道会不会有其他尚未发现的神经递质或成分会因为冬季抑郁症而消失。

我竭尽所能让自己动起来。只有在隆冬时节,我才不得不千方百计让自己脱离痛苦。我发现,开车到湿地乡野中去,可以产生和林间散步一样的效果。漫无目的地开车可能不太环保,对此我深感愧疚,但我也明白,如果在灰暗的天空下看到一丛冬日枯树,在视线边缘瞥见一只隼盘旋,在田野里发现一小群胖胖的山鹑,我的精神就会有微小但积极的转变,就好像几只椋鸟从栖息地里轻轻飞起那样,略微有一些上扬。

达灵厄姆(Dullingham,英格兰东剑桥郡的一个小村庄)位于我家和黑弗里尔(Haverhill,英格兰萨福克郡的一个集镇)之间,我打算开车去那里看看。一路上,两边都是休耕的农田、成片的林地和凌乱的树篱。每次受到抑郁症的打击,我都会开车走这条路线,到现在已有百余次。途中,我见过猫头鹰:有黄褐猫头鹰、小猫头鹰和谷仓猫头鹰。我还见过野兔,它们或蹲在洼地里,或与道路平行疾奔,似乎要与汽车一较高下。有时也会看见老鼠或田鼠,慌慌张张飞奔过马路。比较罕见的是白鼬或黄鼠狼,它们飞驰过平地,像

黄鼠狼

一根凶残又毛茸茸的雪茄。

在去达灵厄姆的路上,有一块地势较高的低矮山丘,上面是耕地,路旁种满了小白蜡树。黄昏时分,偶尔会有谷仓猫头鹰停在树上。我开着车,注意到有一片深色的身影与冬小麦相映成趣。我向那边瞥去,看到有几只鹿朝着我走来。靠边停车后,我看到其中有一只是雄鹿,因为它的鹿角短小而醒目。这些鹿的臀部都有大块的椭圆形白毛,看来它们应该是狍子。望着狍子们大步流星穿过田野,我的心情变得好极了。这是一个古老的场面,恐怕已经反复上演了好几个世纪。

在鹿科动物这个大类目中,虽然狍子的身形比较矮小,但它是英国最大的哺乳动物之一。我家附近就有一群野狍子。眼前这群狍子姿态高贵,三只排成一排走着,犹如象形文字,十分特别。这些狍子让我想到了脚下这片土地,人类为了收获更多的粮食,实现利润最大化,大量使用化肥和杀虫剂,蹂躏着树林和湿地。我又想到了蜜蜂引发的生态困境,由于作为授粉者的蜂群在不断减少,最终可能会威胁大批鸟类的生存。

不过,此时此地,我还能看见狍子悠然走过长着冬小麦嫩芽的田地。能遇见它们是一种荣幸,但我深感矛盾。我渴望能看一眼 16 世纪的英国,看看在那里生活着的狍子祖先。

我渴望待在更完好的乡野之中。在那里,归来的夜莺和杜鹃的数量不会逐年减少,成群的黍鹀仍在农田里过着富庶的日子。我很高兴见到了狍子,就像看到其他自然景观一样,这缓解了我的抑郁,但驾车离开时,我又感到苦恼。

仓鸮羽毛

黄褐林鸮羽毛

纵纹腹小鸮羽毛

1月

七星瓢虫睡着了

雪滴花儿发芽了

隼羽毛　　　大斑啄木鸟羽毛　　　雉鸡羽毛

~ 大自然治好了我的抑郁症 ~

新年将至,我往往会觉得稍微轻松一点。虽然从圣诞节到春天来之前的这段时间,天气最阴沉,人在精神上也最难熬,但1月1日算是一个里程碑,因为冬天已经过去了一半,我尚未屈服于消极和抑郁。想到这里,接下来几天就会过得舒服和轻松一些。

元旦前夕,我和安妮到林中散步,路的左手边有一块属于邻居的地,我估计那里生长的一丛雪滴花应该开了。但那

雪滴花

片地离得太远,从藩篱上望过去,看不清地上究竟是草皮还是新芽。藩篱上有一个小门通往被圈起来的地,我偷偷推开门走了过去。地面上有一些只有几厘米高、绿得流汁的雪滴花芽。它们是新年新信号——最早的嫩芽已冒尖了。我太开心了,看到这些雪滴花,就像吃了几个星期才能品尝一次的热辣咖喱,又像3月阳光下品味一杯浓茶。它们的地位就是植物界的《星球大战4:新希望》。

有一天晚上,我和大女儿去了一趟剑桥。我们一起逛街,吃了美味的汉堡后,打算早早开车回家。那天的一切都很完美。当我们到达村口减速时,我注意到树篱附近有轻微的晃动。我想可能是在暗处等车的孩子。然而,那并不是一个小孩,而是一只站在公交站牌旁边的麂子,好像在等10路车去纽马克特(Newmarket,英格兰萨福克郡一个历史悠久的集镇)一样。我的车灯有点吓到它了,所以它躲进了车站后的树篱里,但因为身形较大,棕色的臀部藏不住,露了出来。它把脑袋和前半身塞进树杈中,但屁股露在外面,却以为自己藏严实了。这让我想起以前和小女儿玩躲猫猫的时候,她遮住自己的眼睛就以为自己能够隐身了。

秋天,有一只麂子总是在晚上吵醒我的女儿们,连续好

麂子

几个星期都是如此。它在天还没亮时，就在屋子前大声叫着求欢。我怀疑它就是眼前的这只麂子。要不然，它可能就是去年春天我看到的那只小麂子的妈妈——当时我在附近观察发芽的雪滴花，撞见一对麂子母女。那时，我牵着年事已高的狗狗米妮在林中散步，然后听见左手边的藩篱和树木间传来尖锐的动静。伴随一阵响亮的沙沙声，一只麂子越过藩篱，动作好似粗壮的羚羊。它回过头看着我，粗声粗气地叫着。然后，有一个小小的身影从树篱下面跑出来奔向它，身影是浅棕色，体形大概只有山猫那么大。这只幼年麂子跑向妈妈，然后一起穿过杂乱的树篱消失了。

雪滴花冒芽后不久，天气和自然景观就更加潮湿、阴冷和单调了。日照依然很短，光线强度也很低，提振情绪的神经递质水平也起不来，所以我十分缺乏能量。这种天气只要持续几日，我就动弹不得。我宅在屋子里，萎靡不振，不想挪动身子，内心渴望着阳光。我听着《情迷四月天》的有声书，书里描述了阳光下盛开的紫藤花，还有姹紫嫣红的花园，听起来十分治愈。听着听着，我便像只忧郁的刺猬一样睡了过去。

日子仍在继续，天空冷冷清清，温度持续下降。水坑结了冰，泥土冻得硬邦邦的，走在上面发出嚓嚓的声音。林子里尚存的果子都被冻成了黑色，因为冰晶刺破了果肉的细胞。凛冽寒冬的天空呈现出细腻的水彩质感，太阳低低地挂在上面，这样的景致倒也能驱散昏沉，让我清醒一些。我和安妮在林中沿着老路遛弯，等压线急剧变化而形成的寒风，把双颊刺得生疼。水青冈的树梢上，长尾山雀的叫声越来越多，偶尔可以瞥见它们在干枯的铜色树叶间飞舞。我们在森林边缘溜达，那儿有成片粗糙

野胡萝卜花

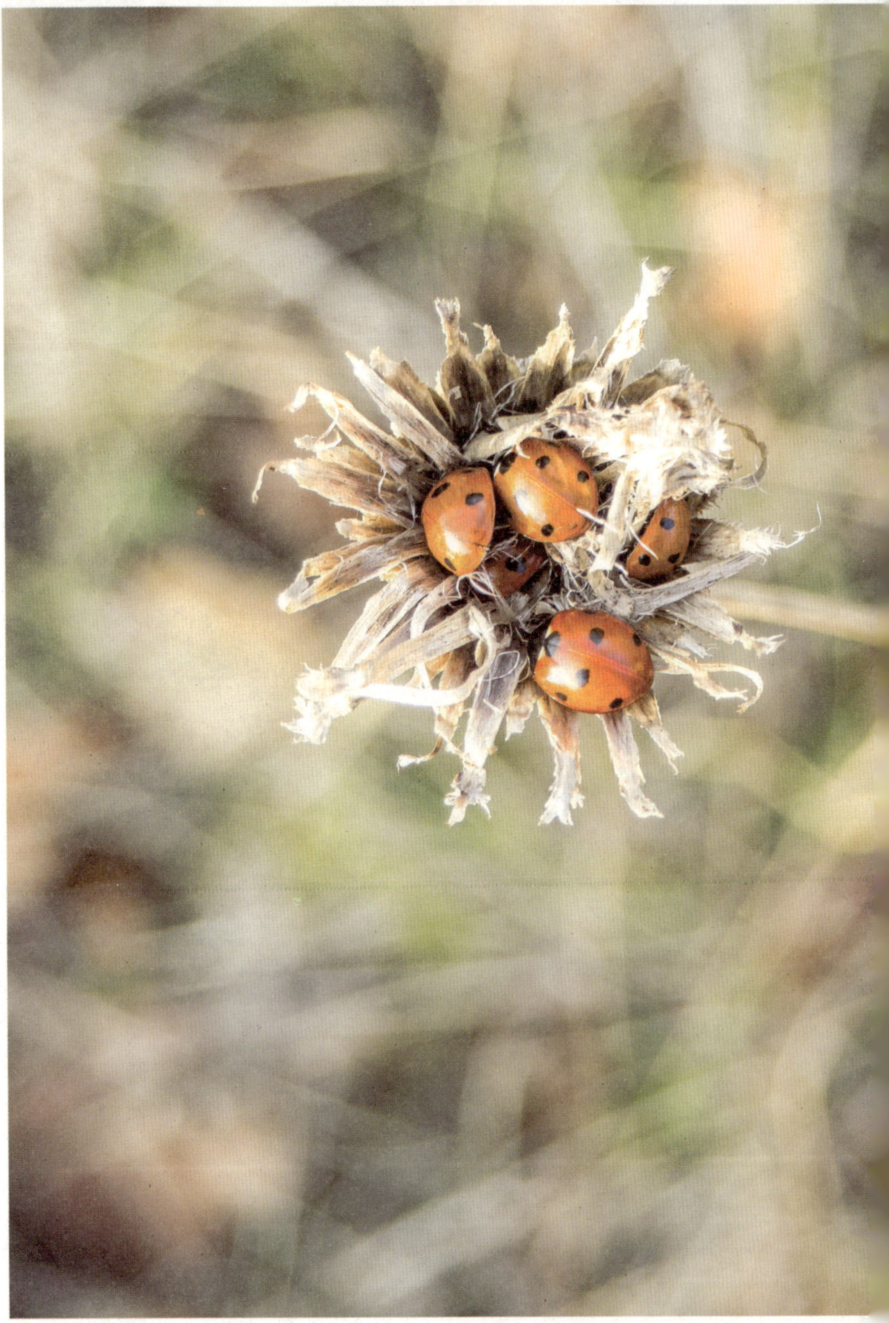

瓢虫在黑矢车菊花穗上冬眠

的黑刺李树，一些角落里生长着欧榛树。右手边的水青冈下面，有好几块凸起的白垩土，上面是野胡萝卜、窃衣的花穗头、杂草和几簇干枯的野玫瑰，它们混在一起呈棕灰色。地上到处都是霜块。

黑矢车菊是矢车菊的一种，在6、7月间四处盛开，它们茂密的紫色花朵深受蚜蝇、蜜蜂和蝴蝶的喜爱。天气暖和时，这些带褶边的深紫红色花丛是观察昆虫的好地方。但在1月份，它们只留下干枯的花穗，我曾在10月份画过这些花穗，如今它们还是老样子。

在阳光的照射下，花穗上花瓣形状的鳞片撑开，好似干枯的迷你向日葵。我俯身观察，视线中闪过几纵红色，一开始还以为是自己蹲得太快造成的眩光。但那抹红色仍未消失，我凑近一看，才发现干枯的花穗上趴着好几只瓢虫。其中有一朵上足足趴了5只，它们一动不动，正在冬眠。花穗毛茸茸的，能有效阻挡冷空气和结霜，为这些瓢虫遮挡夜晚的寒冷。

瓢虫喜欢聚集在一起过夜，其实还有一个原因——如果被鸟类或其他捕食者袭击，瓢虫会从腿部释放一种黄色液体，这种液体的名字听起来有点吓人，叫"反射出血"。这种液体里富含生物碱，对鸟类而言又臭又苦。另外，瓢虫醒目的色彩也是一种有效的自我保护。如果第一次捕食瓢虫尝到了苦头，后面的鸟群就不会重蹈覆辙了。冬天，瓢虫爱吃的小蚜虫特别少，温度太低也不适合活动，它们必须冬眠才能存活下去。而"反射出血"要耗费很多能量，这个时节的瓢虫没有多余的能量，所以每年 11 月到次年 3 月，它们在被捕食的时候无法分泌"反射出血"。这时，瓢虫们会找一个没有冰霜的地方聚集在一起——譬如红豆杉花穗之间，干枯卷曲的水青冈叶子中，或野玫瑰花茎一处卷曲里。如果知更鸟或林岩鹨要抓瓢虫当冬天的零嘴吃，可能有一两只瓢虫会被抓走，但剩下的拥挤在一起，乍一看像一只大型昆虫，大片的红黑撞色会向捕食者发出警告，促使它们远离。

　　大部分虫子都能活到来年温暖的 3、4 月，届时迎来属于它们的时光。看到这些可爱的小虫子抱团蜗居在植物的温床上，我像发现了宝藏一样欢欣雀跃。它们就像是美丽的红宝石，一举驱散 1 月初因为糟糕天气而引发的抑郁。

七星瓢虫

有一天，我得知一个消息，每天晚上都有 4 万只强壮的椋鸟在沃尔伯斯威克（Walberswick）海滩上空翱翔盘旋，这事绝对能让博物学家开心到飞起，不亚于安妮闻到了烤肠的香味。我在社交应用程序照片墙（Instagram）上证实了这个消息。如果能看到巨大鸟群仿佛一种大型生物在空中起舞，就一定能驱散消沉的情绪。我渴望亲眼看见这场面，便给刚搬到萨福克的朋友梅尔发了信息。她是一位博物学家，听到这个消息也相当兴奋。我顺路拉上她，一起驱车前往沃尔伯斯威克。在离太阳下山还有一两个钟头的时候，我们终于到达了。我俩越过一座水泥桥，穿过沙丘，朝塞兹韦尔（Sizewell）和广阔的芦苇荡方向前进。这片海岸线有大量的海蚀燧石、红玉髓、碧玉甚至波罗的海琥珀，我们都特别喜欢这些东西，花了不少时间弯腰去捡宝，寻找满是洞洞的女巫石和鸡蛋状的燧石。

我们走在芦苇边凸起的沙丘小径上，听说椋鸟会在这一带出没。随着阳光消退，云朵散发出杏色和桃色的霞光，我们凝视着地平线。"哇！它们来了！"当一群鸟从远处的森林上空出现时，我兴奋地叫道。结果那群鸟靠近后，才发现它们是秃鼻乌鸦而不是椋鸟。令人沮丧的是，好几拨飞过的鸟群都是秃鼻乌鸦，我们只好开始把玩双筒望远镜，分散一下注意力。我望见一只小白鹭在水池边站着，过了一会儿，它张开翅膀飞了起来。看到白鹭和看到灰鹭一样让人激动。白鹭的轮廓有些像远古的翼手龙。它在空中飞行时，臂膀似乎是悬停的，略显僵硬，仿佛一只木制小鸟，有人拉着绳子将它放飞到天上。

天空中仍然没出现椋鸟，但我们不愿意放弃。又有一小群飞舞的鸟儿在芦苇丛上面移动，但黄昏已经降临，我和梅尔都分辨不出它们是什么鸟。晚霞的玫瑰粉越来越鲜艳，倒映在有白鹭矗立的水面上。这短短几分钟的光景美丽到了极致。我们迟迟不愿离去，闲聊了一会儿土壤的药用价值和对鸟类的喜爱，注视着天边云朵颜色的变幻。随着天际的光晕渐渐消散，光线更加模糊，我们才不得不承认，椋鸟不会来了，于是沿着沙丘返回村子。

虽然没有看到期待的鸟群，但我仍感觉良好。与朋友在岸边度过的时光十分治愈，之后好几天我的状态都不错。月底，我又目击到了一大群猫头鹰跳舞，或者用"猫头鹰开会"来形容更合适。就像12月的雀鹰一样，猫头鹰似乎商量好了，要在此时粉墨登场。经过集体讨论，它们决定在1月的最后一周连续亮相。那晚，孩子们上床睡觉后，我又开始焦虑不安，感觉春天遥不可及，于是沿着老路开车去达灵厄姆，我需要点什么来分散注意力，缓解在黑暗暖和的汽车里作茧自缚的感觉。

当我向黑弗里尔方向左转时，乡村景色在眼前豁然展开。道路左边的大片田地里，有独活的花穗和小椴树，道路右边有围栏围着牛羊家禽。随着车驶过，围栏的轮廓出现了变化：有两个黑色剪影杵在围栏平整的线条上。我在下一个农场小路口掉头，打算回去看看那是什么。之后，我就看到两只小猫头鹰像小个子哨兵一样站在栅栏上，我激动得心跳加速。车一接近，它们便腾空而起，在空中画出一道弧形，然后又回到原来的哨位上。它们的飞行方式很带劲，像海鹦或灰山鹑一样，好似匆忙赶时间，刻不容缓，慢一步就会从空中坠落。小猫头鹰眉毛上有一簇羽毛，这让它们的表情看起来像在生气一样。当猫头鹰盯着汽车时，似乎在皱着眉头表达不满。这让我觉得好玩极了。

几天后，我开车去隔壁村的课外班接小女儿。经过当地农贸市场附近的一排小椴树时，看见一只谷仓猫头鹰坐在一根树枝上，凝视着下面的草地。太阳快落山了，黄昏中，这只苍白的鸟像摄影底片上的剪影。我知道几米外有一个谷仓，猫头鹰会在那里筑巢。那个谷仓属于当地的农贸市场，7月份我去小商店买切花，曾听到谷仓的波纹铁壁上传来沙沙的嘶鸣声。

当时我站在农院外，看到了呼呼响动的身影，等我走到谷仓门口，便看见有一只谷仓猫头鹰飞进墙壁屋檐下的一个洞里。这座农场位于两个村庄之间，周围是休耕土地和野生草原，谷仓猫头鹰在这里茁壮成长着。看到谷仓猫头鹰的巢穴令我相当振奋，说明这片地里也有健康的老鼠和田鼠。我在附近总是能看到猫头鹰，但从未对它们的身影感到厌倦和熟视无睹。

接下来的这个星期，我去了萨福克郡（Suffolk，英格兰东部的郡，东临北海）的海岸。那儿有一个牛奶厂改建的小棚子，我把它当作自己的临时书房，从育儿的忙碌中短暂休息一下，在海岸边多待一会儿。当我驾车在斯比顿绿地（Sibton Green）转弯时，车灯扫过整齐的树篱，照见一只黄褐猫头鹰正坐在修剪过的女贞树上。因为后面没有车，我便停下来，车灯光柱照亮了这只鸟，但它停在原地，似乎未受干扰。它睁大眼睛瞪着汽车，转着脑袋，像是试图收集更多关于光源的信息。它胸前的羽毛图案像橡树皮，具有伪装功能，白天停在树上不会引人注意。嘴边几片浅灰色羽毛看起来像它的小胡子，感觉有点傲慢。

~ 大自然治好了我的抑郁症 ~

黄褐猫头鹰

小时候，我睡前很喜欢读《小松鼠纳特金的故事》（*The Tale Of Squirrel Nutkin*），并因为这本书一直有点害怕黄褐猫头鹰。在故事里，厚颜无耻的松鼠总是嘲弄黄褐猫头鹰老布朗，直到老布朗终于忍无可忍，不再沉默，用爪子把松鼠纳特金抓起摔到地上。碧雅翠丝·波特（Beatrix Potter）为这本书绘制了插画，画中的老布朗十分激动，决意要杀了对方。虽然最后纳特金侥幸逃脱，但我总觉得这个故事和插画令人不寒而栗。也许，那是我第一次意识到，大自然亦是残酷无情的。看到树篱上的这只黄褐猫头鹰，我想起了童年时对老布朗的恐惧，想起了当时自己第一次为真实世界的残酷感到不安。

这只猫头鹰的羽毛看起来非常柔软，我很想触摸它。浓密的羽毛保暖性能强，这对总是需要静候而不是主动寻找猎物的捕食者来说至关重要。猫头鹰身上最外层的飞行羽翼有像梳子一样的"流苏边"，有助于拦截气流，使它们可以无声无息地扑向猎物。它那双正对着前方的眼睛炯炯有神，显得十分聪明。不过，这双大眼是为了尽可能多地将光线聚集在视网膜上，使它能够更清楚地看到猎物，一经这双亮眼锁定，便可以狠狠伏击目标。猫头鹰身上种种吸引人的特征，大多是为了更有效地捕食小动物而进化出来的。这时，趴在树篱上的黄褐猫头鹰终于决定离开了，它挥舞着栗色与巧克力色相间的翅膀，腾空而去。

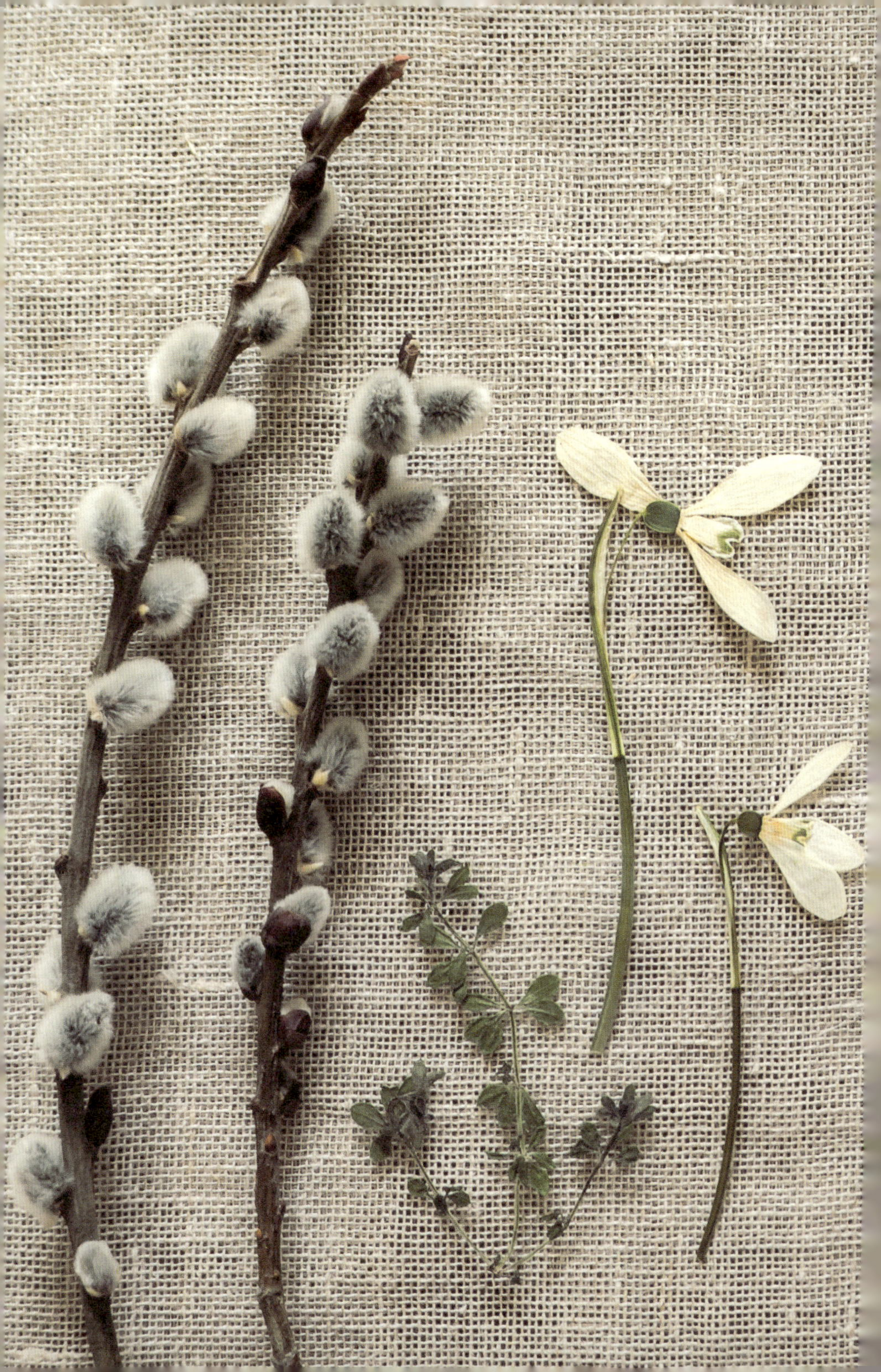

2月

樱桃李初绽

蜜蜂们首访

> 大自然治好了我的抑郁症

　　新年开始后,天气比往年要更冷,这导致大自然的日历翻页翻得更慢了。野外植物的生物钟变缓,叶子和花苞的生长陷入停滞。自从我们搬到位于沼泽地带的村庄,每一年我的脑海中都有个植物轮回,好比一条种满花朵的时间传送带,随着月份的变化而变化,而2月份的乌头花和雪滴花是它的起点。今年,曾经熟悉的野花接力被推迟,低温让发令枪迟迟不响,我也愈加失去耐心,决定走出家门,尽力寻找一点季节变化的痕迹。

　　这段时间,雪滴花一直停留在小花苞阶段,但总算绽放了一些。最早绽开的是上个月在邻居家那块地上遇到的嫩芽,它们长得比蓝铃花更高,花朵是白色的,尺寸大得像果冻。我和安妮沿着森林主路散步,无意中便看到了它们。我开心到几乎喜极而泣。那个星期晚些时候,我去超市时路过厄克星(Exning),在路边也碰见一大片白色。上百

厄克星路边的雪滴花 >

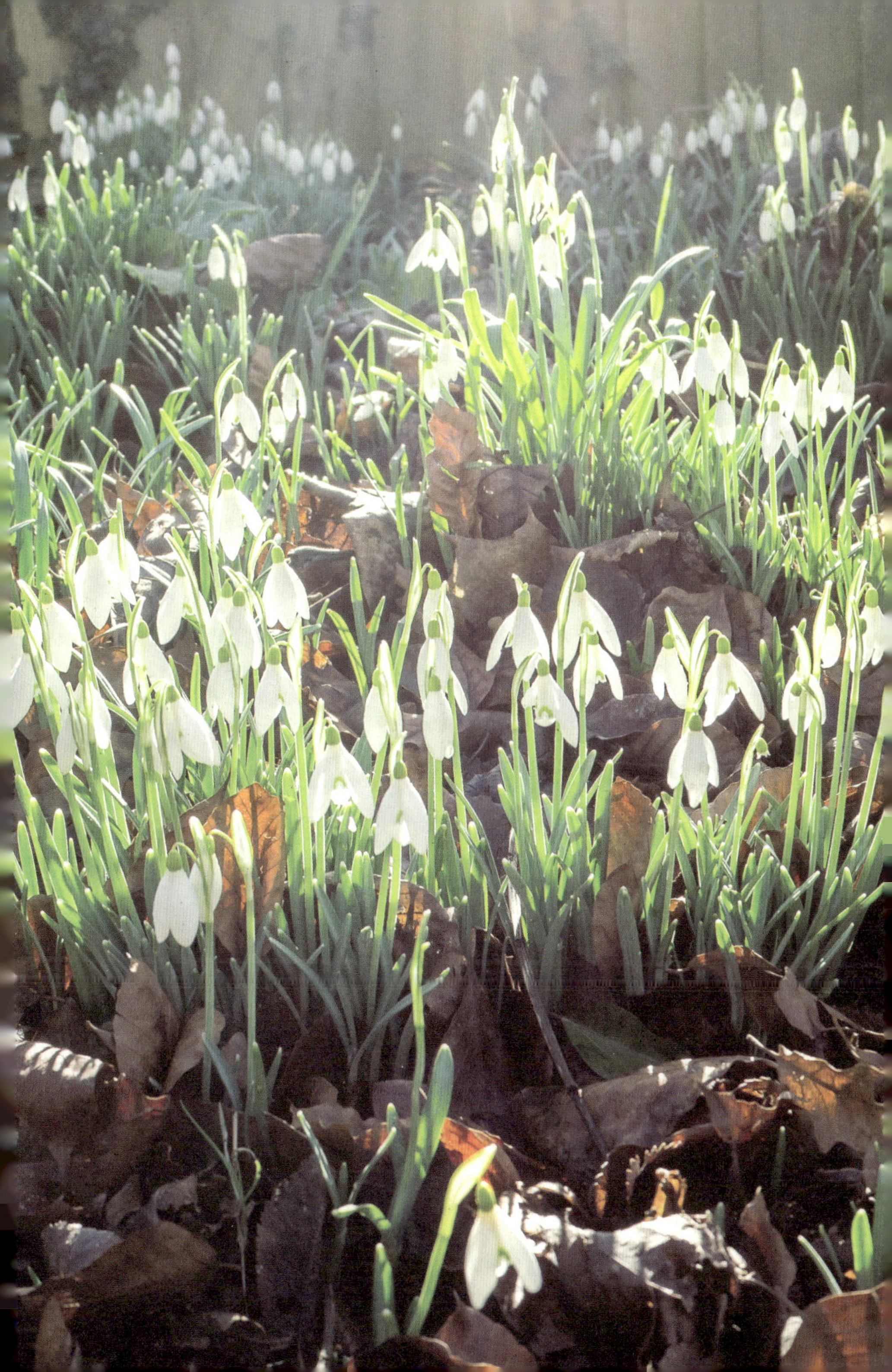

朵雪滴花绽放着,洁白如雪,生机勃勃。我把车停在附近,给它们拍摄各种美照,如数家珍般欣赏着。作为季节变换的实证,这些花抚慰着我的心。

我不仅会为第一只飞来的燕子兴奋,也会为看到小屋附近开放的第一束花而激动。林中漫步时,温暖的阳光轻抚着我的背,橘色的蝴蝶飞过葱芥,地上边边角角处出现点点峨参花装饰的"蕾丝边",这些都是春天即将到来的明证。微小的预示让我无比振奋,每年此时,我都像是在圣诞节早上寻找礼物的孩子一样,睁大眼睛搜寻它们。藩篱上最早开的花通常是野樱桃李,这种花很娇弱短命,花朵比黑刺李花或野李子稍大一点,细长的绿色花茎尤为特别。

从鲍威尔(Burwell)开往厄克星的安静小路上,时不时能在耕地中看到野兔。沿着这条路,一开始是绵延几百米的森林边缘,之后是沼泽地特有的大片开阔田野和藩篱。我开得很慢,希望能看到野兔,但就在林地边缘新犁过的耕地上,闪过一道无声又突兀的光。我猜可能是树枝上挂着的垃圾,或者是枝杈间隙里反射出来的天际。我停车查看后,却发现那其实是今年第一簇鲜花。一片小小的白色花丛,环绕着零星几枝野樱桃李。

梅花的汉语发音是"Meihua",日语发音是"ume",中国和日本都十分尊崇它,因为它们能在天寒地冻、雪花纷

12月

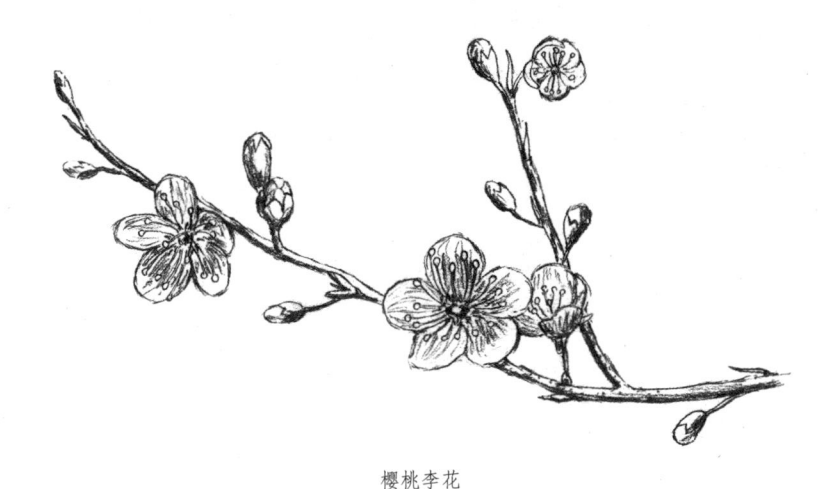

樱桃李花

飞的时节里顽强绽放。梅花也是春天即将到来的标识，象征着冬春之交。梅花地位十分高，在文学作品和古代画作中经常出现。人们还会用梅花和大米做成特别的梅子糖。在日本文学里，梅花在俳句和连歌形式的文学作品中是代表春天的季语（kigo，一种与特定季节关联的字或词）。早梅是辟邪的护身符，经常种植在日本花园的东北方位，因为日本人认为黑暗力量来自东北方。英国野樱桃李则是亚洲梅花的远亲，它们也很受画家、文人的喜爱，不过英国野樱桃李的花要小得多，开花的时候很难被发现。它们往往在沼泽地最荒凉的地方开放，静静等待暖春的到来。回家后，我用铅笔画下了这一次不起眼但意义重大的发现。

由于那些暴风骤雨般的消极思绪还在潜意识里徘徊，我的大脑仍然需要自然景观的安抚。每次出发，我都希望自己能得到疗愈。在开车行进的过程中，我都开着车窗，让冷空气清醒感官，以摆脱那些抑郁阴霾。经过达灵厄姆后，我驶上一条新路线。这条路十分崎岖，高高的树篱沿路边绵延，眼前的景致无非是淡雅的灰色、棕色和冬天里那种了无生气的绿色，就像用各种织物拼凑缝制的被子，粗糙又破烂。虽然如此，这种景观也比窝在我那个朝北的小屋里苦等春天更让人舒服。

我开了差不多一个多小时，黄昏临近，云层散去，天空显露，散发着椋鸟蛋壳那样的色泽。太阳落下地平线，光从树篱上方消散。我继续向前行驶，享受萨福克乡野深处的温和。穿过卡尔顿绿地（Carlton Green），路过一片带有17、18世纪风格的粉彩色房屋，到达了村庄中心地带。在一处十字路口旁，我发现了靓丽的景致：有一排和我差不多高的菜蓟花穗，矗立在冬季天空下。

每一根花穗都像带尖刺的圆球，仿佛某种中世纪武器。茎上有齿状的蓟叶，挨着周围的草丛，看起来很像天鹅的翅膀。这些菜蓟不是野生的，应是有人种植在此，但它们夸张的造型和天空形成了对比，再加上起伏的农田和森林作为背景，眼前这幅画面激起了一种我熟悉的兴奋感，仿佛遇

∧ 萨福克郡卡尔顿绿地的菜蓟穗头

见一朵婆婆纳，看见一片落叶上的细霜，或是在亨斯坦顿（Hunstanton，英格兰诺福克郡的一个沿海小镇）悬崖上的鸟巢里发现一只海鸥。

我格外享受此时此刻的感觉，停车仔细端详这些菜蓟花穗。我拍下照片，记住眼前的景色，这样在冬天剩下的最难熬的日子里能够拿出来回味。

太阳继续落山，我继续沿着新路线前进。离日光最远的天空是鲜蓝色，然后沿着子午线慢慢朝落日方向形成一条美丽的渐变带，从深靛蓝色到粉蜜桃色。天空万里无云，每一根树枝、每一片树叶、每一处藩篱的线条都十分清晰，颜色是暗黑的，和蓝金色的天际形成对比。右侧路旁，出现了一丛小花，可能有成百上千朵，花儿的剪影看上去像是贾科梅蒂（Giacometti）那吓人的雕塑作品。冬天，金翅雀最爱吃这些花的种子，对它们来说这儿可能像个大超市。不知道白天会不会有金翅雀在这里出没，我决定回头再来一探究竟。

转了个弯，我看见一只谷仓猫头鹰缓慢飞过左侧视野边缘。我停车观察它，猫头鹰滑翔了一会儿，最后停在高耸的草丛里，我屏息凝神，被这次邂逅深深吸引。过了一会儿，我才意识到自己一直憋着气，在它几米外的地方蹲守着。猫头鹰最终飞离了草丛，无视我的车，低空掠过马路，停到了

- 2月 -

谷仓猫头鹰

路另一边的田地里。猫头鹰飞过时,我看到它的爪子里有一个灰色的小身躯,还带着一条尾巴。原来是一只田鼠。我开车掉头,驶向猫头鹰降落处附近的一块宽敞空地。在那儿,我看见它停在草地上,藏在树篱后,收着肩膀。我猜它选择这个有遮挡的地方,是为了好好享用美餐。猫头鹰大快朵颐的时候,太阳几乎已经落到地平线上了,树木和藩篱变得金黄。这是我在野外看到的最美景象之一。虽然抑郁症想方设法消耗我,玩弄我,拖累我,打击我,但只要还能邂逅如此美景,让大脑接受疗愈,一切挣扎都是值得的。

在萨福克，从没有人能在几米之内近距离观看猫头鹰狩猎，或者在田地里看到它们进食。猫头鹰只消几秒就可以捕杀猎物，躲在树篱后吃掉，然后拍着白花花的翅膀飞走了。这个过程非常短暂，能够亲眼看见，我深感荣幸。谷仓猫头鹰就住在离我家半英里远的地方，它们肯定每天都要狩猎，但这次我竟然亲眼见到一只猫头鹰在跟前猎食。这种感觉就好像回到了 20 世纪 80 年代的彭布罗克郡。那时，幼年的我第一次看见水桶里的藤壶打开小门板吮吸海水。

日子迈向 3 月，太阳慢慢向北半球移动。每天的日光都在增多，温度也慢慢上升，植物体内的酶更加活跃，很多物种的细胞开始分裂。生长季即将到来。过去四个月里发现的鼓舞人心的迹象在慢慢扩大，新胚芽不断出现。黑刺李树枝上长出了小簇花苞，每一枝都小得跟针头差不多。每当和安妮沿着老路穿过森林，我都驻足仔细观察它们。空气中弥漫着一种低沉的喜悦，之所以低沉是因为我对冬天的恐惧还没有完全消散，真正的春天还没有来临。

但我知道有一种现象，代表着植物马上就要从过冬状态迈入春天，找到它们对我至关重要，因为这预示着季节流转，那就是树木开始分泌汁液。这种自然现象很难被发现，但对于当地蜂群十分重要。黄花柳和灰柳的花将为大黄蜂提供第一批可授花粉,有利于蜂群摄取足够的能量,为种族建立新的家园,也为独居蜂提供生命之源。这两种柳树的俗名都叫作"小猫柳",因为它们2月盛开的雄花裹着一层灰绒毛,就像孩子们最喜欢摸的猫毛一样。

我穿上大衣,披上披肩,戴上手套,穿上鞋子,全副武装走出村子,来到沼泽地的边缘。在一座波纹铁皮打造的谷仓外面,我找到一大片树篱,中间长满了山楂树、黑刺李树、欧亚槭和栓皮槭,还有我苦心寻觅的小猫柳。当我找到今年第一株小猫柳时,已经快走到塔布尼沼泽(Tubney Fen)了。柳树枝上的棕色花苞里,寥寥几朵花探出脑袋。我用手指轻抚它们,花朵上覆盖的绒毛如此柔软,以至于好像在触摸空

小猫柳

报春花

气。刺骨的寒风和无情的冷雨狠狠刮在脸上,但我终于找到了它们。虽然周遭是一片灰色和棕色,了无绿意,寒冷也深入骨髓,但这小小的花朵就像烤肉大餐配上约克郡布丁一样,令我无比振奋。

这一刻终于来了:冬天即将迎来尾声,春天真正到来的最早证据,已出现在森林和树篱之中。过去四个月,季节性抑郁就像无数顽固的僵尸一样,嘶鸣着拖拽我,死死钳制着我的大脑,但我成功摆脱了它们。我花了大量时间与自然中的树木和植被待在一起。我还去了海边,观赏了湿地、森林、草原,并看到了成群的椋鸟,发现了原拉拉藤新生的绿芽。我行走野外,风雨无阻,每一次跋涉都让大脑里的化学反应产生一点点变化,帮助我坚持下去。对我而言,有时候洗漱穿衣,再套上靴子走出房子,就像登山一样困难。但大多数时候我都成功做到了，至少算是走到了山脚下。这已足够让我正常工作和写作，最重要的是能够照顾孩子。

　　压制住抑郁需要长期保持对自身状态的警觉，需要每天通过户外散步来汲取积极能量，需要尽可能做一些创造性活动，如果独自待在家里，还需要毛茸茸的四脚兽安妮的陪伴。但是，如果工作压力变大，家庭矛盾增加，疾病就会侵袭，情绪平衡就会被打破，从大自然汲取来的能量会失去作用，强大的抑郁症会将人拖进深渊。它无休无止，耗人精力，逐步赢得上风。然后，我会厌倦与之斗争，整个人能量急剧下降。我渴望天气转暖，阳光普照，那样就能恢复一些精气神。2月结束时，有更多的野樱桃李开花了，但我的状态却在变差，我推掉了许多工作，不想画画，不想收集标本和拍照，越睡越久，感觉离自己努力做的一切都越来越远。我担心自己的抑郁症在加重。

萨福克郡卡尔顿绿地的菜蓟和日落 ›

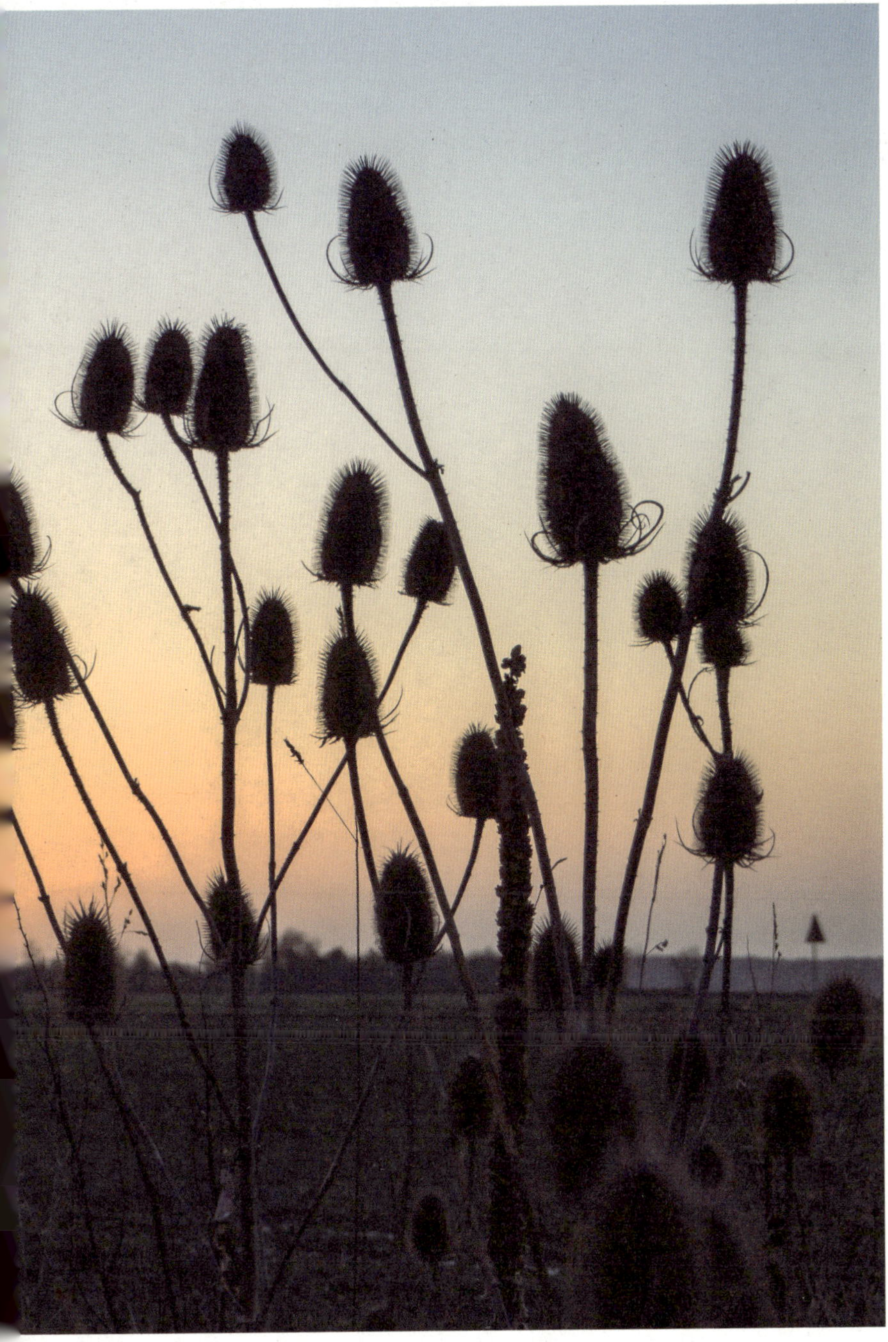

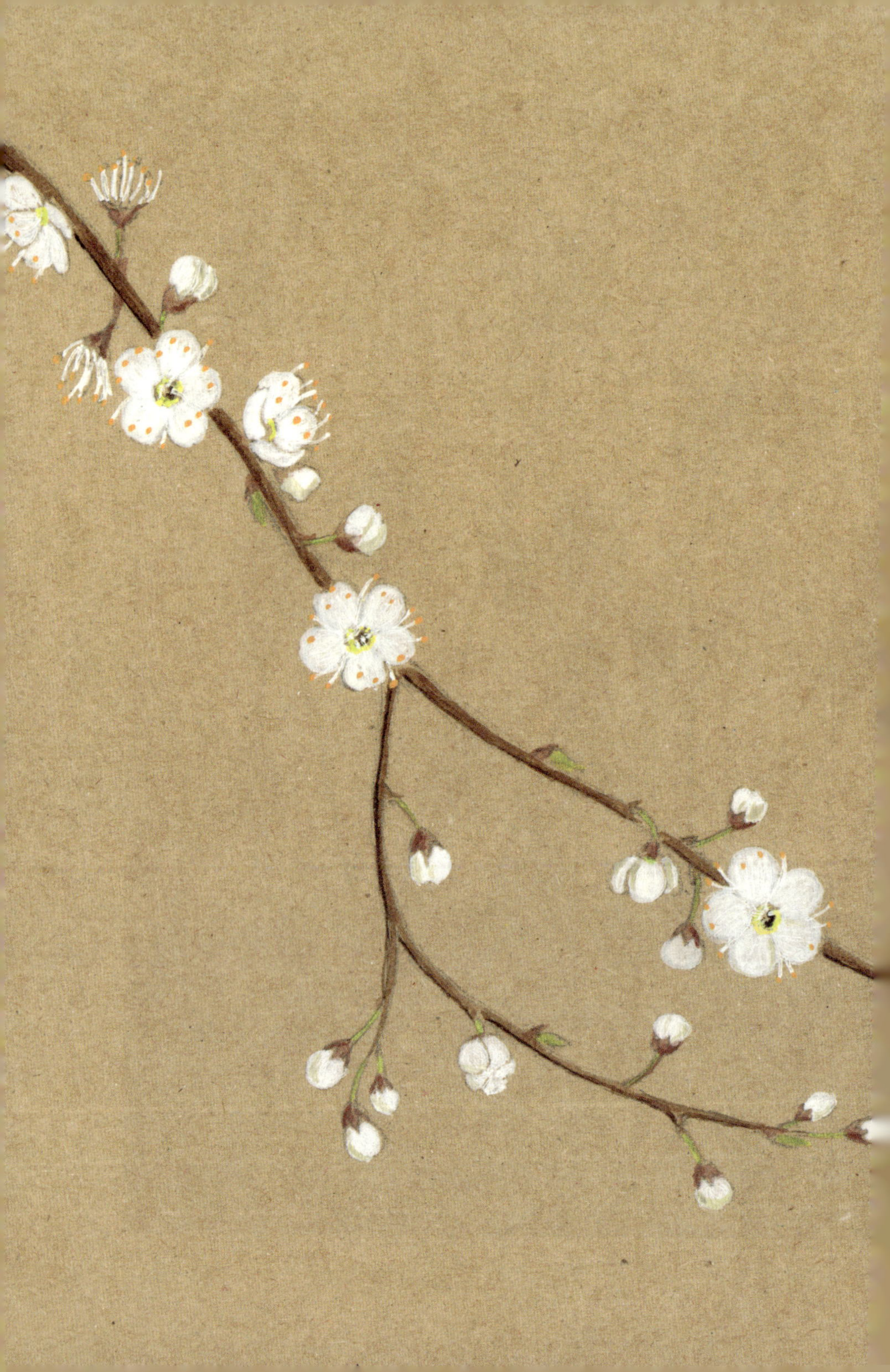

3月

山楂树抽枝

黑刺李开花

~ 大自然治好了我的抑郁症 ~

3月初，我又去了萨福克，决心去寻找1月份我和梅尔没能遇上的那群椋鸟。推特上，又出现了约4万只椋鸟群在明斯米尔（Minsmere，英格兰萨福克郡地名，内有鸟类保护区）附近出没，并在芦苇和莓果丛中栖息。到达保护区时，离太阳下山只有不到一小时了，细雨下个不停，光线很弱，我感觉鸟群出现的希望不大。路过游客中心，我们沿路穿过保护区走向海岸。雨变大了，在路的尽头，有一小群人聚集在芦苇丛边，他们戴着帽子，拿着相机。我意识到，这群人也一定是来观看椋鸟的。我加入人群，并问他们椋鸟有没有出现过。但大家从帽子下露出的表情都比较沮丧，纷纷摇着脑袋说："椋鸟不是每晚都来的，可能根本不会出现。"

我们在灰暗的光线中呆呆地等着，怀着希望看着前方。突然有个人大喊："它们来了！"结果，那只是一群鸽子。又过了几分钟，远处森林的上空出现了一片阴影，颜色比天上的乌云稍暗一点。它们向海岸飞过来，天的另一边还出现了一条灰色"绷带"，这条带子朝着芦苇丛蜿蜒行进。"这

"回是它们，"站在我身边的一位女士说，"它们来了。"越来越多的小型鸟群从森林上方飞过来，每一群都在天空中来回扭动。

然后一瞬间，我们头顶的天空便布满了椋鸟群，大家纷纷仰起脖子看着它们。当鸟儿靠近时，我好像也成了其中的一员，和上千名同伴一起翱翔和盘旋。我感到一阵强烈的眩晕，这种感觉就像二十多岁在伦敦闯荡时，晚上喝得酩酊大醉，坐地铁回家后倒头就睡。椋鸟仿佛一列摆脱了地心引力的火车，直冲天际。身处这些翻滚旋转的鸟群之中，我也感受到了天旋地转。

我一边注视着鸟群不断变幻的形状动作，一边放飞想象。有一大群鸟儿先是飞向大海，然后又急转弯，掉头朝陆地飞来，鸟群画出斑驳的弧线，就好像受到信号干扰的电视画面。这几千只椋鸟，在天空之碟上如水银珠一般滚动，几颗小珠子一会儿融合在一起，一会儿又分开，一会儿又碰撞成一颗大珠子。有的鸟群像蜂群一样聚集于空中，有的像大蛇一样在树木上方蠕动。

然后，我们注意到了一个黑色剪影，有一只大型鸟在椋鸟群外围出现了，可能是一只隼鹰。我拿起望远镜进一步观察，看到了它镰刀状的翅膀。是它吗？没错，是一只游隼。我之前只见过一次游隼，那还是1991年参加学生郊游时，

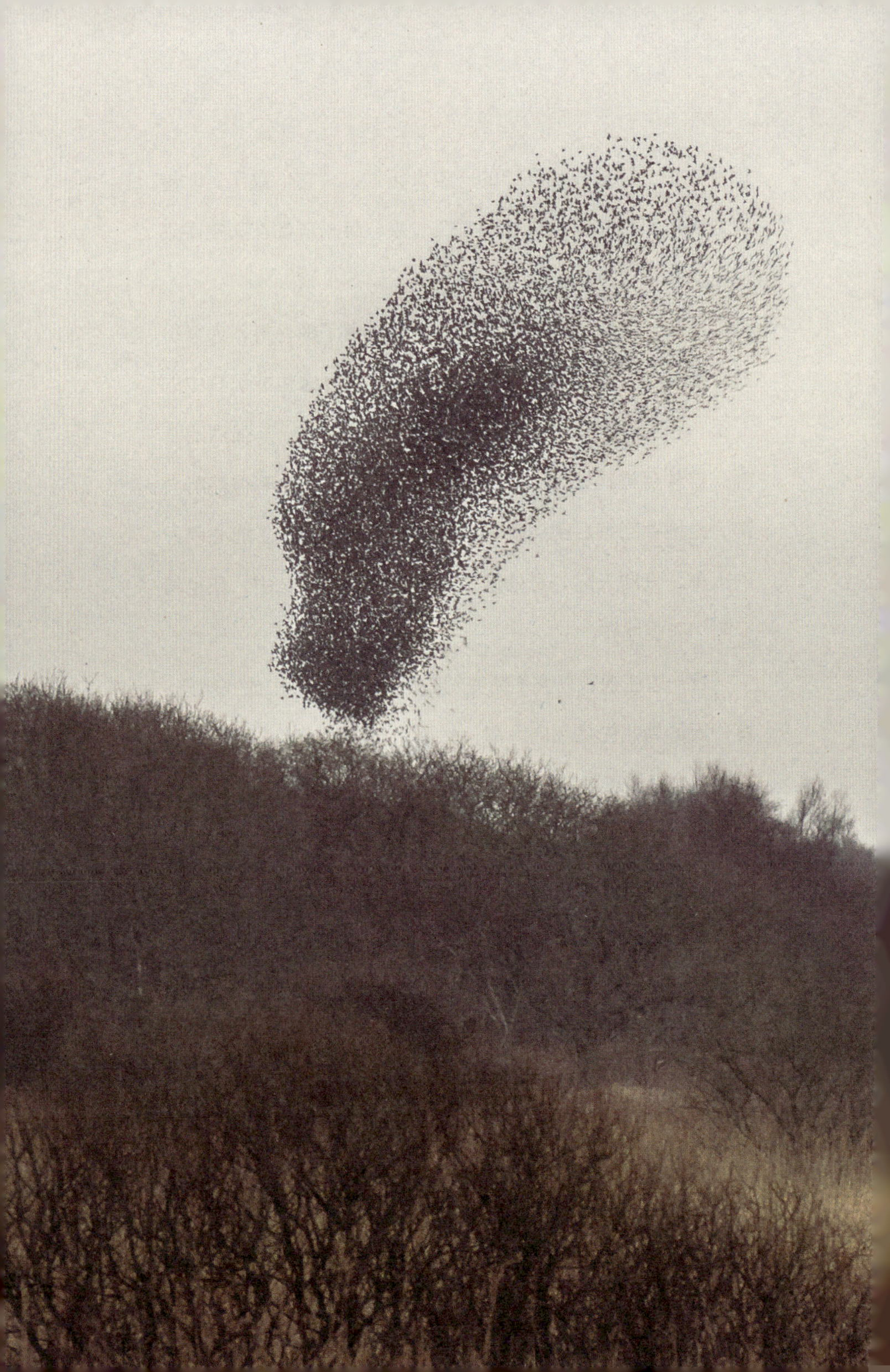

在斯科默（Skomer，英国威尔士西部岛屿）岛上的悬崖边看到的，当时野鸡大摇大摆四处游荡，海鸥在皮筏子上空滑翔，而那只游隼就在它们上方盘旋。眼前这只游隼离鸟群更近，它正在狩猎。布里斯托大学的一项研究显示，如果有捕食者在椋鸟附近狩猎，鸟群会聚集得更紧密，发出更大的杂音，以迷惑捕食者。这只游隼对椋鸟产生了巨大威胁，迫使它们在空中进行更加复杂和惊人的表演。

鸟群本身就足以令人称奇和敬畏，但在椋鸟群之间看到一只游隼正在狩猎，更加让人激动。经历了一整个冬天的低沉，我身心困顿。没想到这几分钟的时间里，我欣赏了一场大型野外奇观。一只捕食的隼在上千只飞舞的椋鸟中出现，将我的思绪从消极中拖了出来。

所有分散的椋鸟群开始汇集成一个巨大综合体，并有节奏地运动着，这暗示空中飞舞似乎就要迎来尾声。小的鸟群直接坠入大的鸟群，然后融为整体。每一群鸟都像瀑布一样自上而下落入集体中，大鸟群逐渐膨胀起来，成千上万的鸟儿像流动的液体一样前进着。这令人惊异的群体运动，展现出复杂的数学计算和无声沟通，我振奋极了。

汇集之后的鸟群成了庞然大物。每只鸟的身躯都对身边同伴的飞行路线做出协调反应，鸟群的边缘起起伏伏，好像在空中蠕动的变形虫。它们一会儿变成西班牙画家达利的作

皇家鸟类保护协会明斯米尔保护区的椋鸟群

品《记忆的永恒》里"熔化的钟",一会儿变成盘旋前进的千足虫,这是 4 万只鸟集体行动的结果。鸟群背后是涌动的乌云,将它们衬托成显眼的剪影。看着这群嗡嗡叫的黑鸟飞翔,我感到大脑里有一个安静又兴奋的泡泡在慢慢膨胀。这种兴奋感并不高昂,反而有点低沉,但我仍然十分愉悦。

虽然这种场景在大自然里并不鲜见,但对我来说却是相见恨晚。如果能在夏末秋初遇见这群椋鸟,我的精神反应会更强烈,印象会更深刻,我会在潜意识里把这一幕铭记下来。但自从 11 月以来,令人绝望的抑郁症状不断发展,沉甸甸地拖住了神经系统,让我对积极体验的反应能力也下降了。

不过,看到椋鸟惊艳的飞舞,我确实感到一种远离黑暗的欣喜。它们的表演结束后,天空重回惨淡无光。我不禁陷入沉思和感激的情绪,但也有点麻木。我感激自己能坚持搜寻鸟群踪迹,最终看到了最不可思议的景象之一,但它对我的疗效并不会太持久。

虽然观鸟令人称奇,但回到家后,这个支撑我过冬的最后一丝精神力量也消失殆尽。由于过度缺乏阳光,加上整整五个月不断耗尽力气对抗抑郁症,我的能量已经所剩无几。大脑里的化学反应水平急剧下降,我感到自己向下坠落,砸穿了积极能量的地板，直接掉进了险峻的抑郁深井中，井壁光滑得无从下足。野樱桃李已经绽放，黑刺李也开花了，但我对这些春季的标识毫无意识。这些变化是我自10月起就一直期待的，如今它们终于发生，但我却被困在抑郁症的井底，注意力全集中在如何从光滑的井壁上找到能向上发力的小支点。

我的身体愈发缺乏行动的力量。每日待办事项已经从1月份的"写文章、拍报春花、采摘标本"变成了3月份的"洗澡、吃早饭、刷牙"。我只能完成这些最低程度的日常活动，有时候甚至一项也做不了。大脑里的化学变化让我困顿不堪，行动愈发困难。

愉悦就像穿过邓杰内斯的鹅卵石的流水那样离我而去，就连油炸食品也变得毫无诱惑力。我最爱的咸芝士，也不再能让我的味蕾感到满足，这段时间它们吃起来寡淡无味。我尝遍了每一种最咸、最酸的薯片和沙丁鱼，希望能刺激到大脑，因为在状态好的时候，美酒美食就能刺激大脑神经元和脑电波信号变得活跃。但现在，我对美味毫无反应，享受美食的乐趣不复存在。我一直喜欢收集好看的纱线，喜欢织手套和披肩，享受柔软的织物和光滑的钩针在指尖掠过的感觉，乐于看到自己设计的图案变成实物，但现在，纱线看起来就好像枯草和抹布，这种乐趣也离我而去。

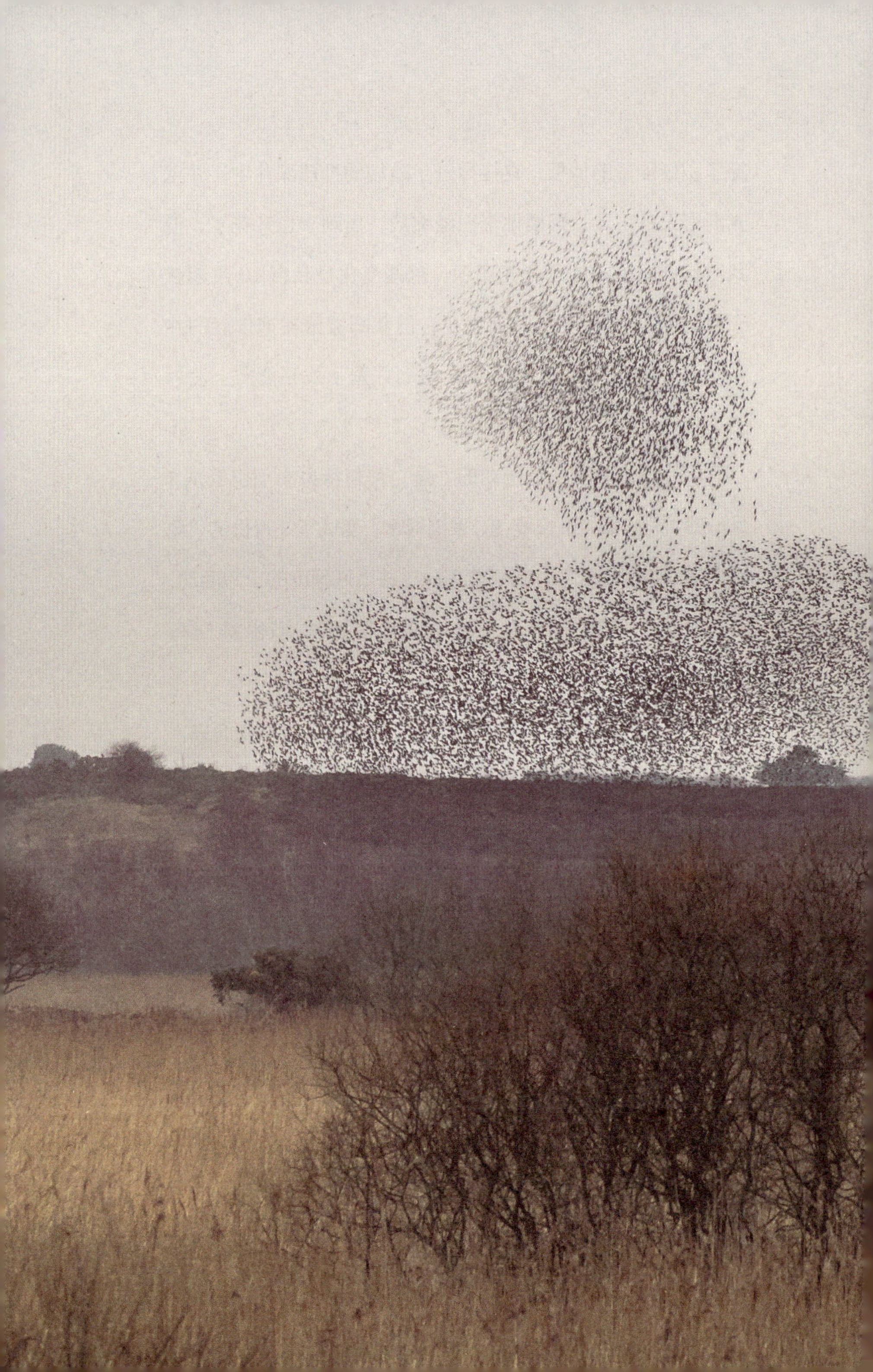

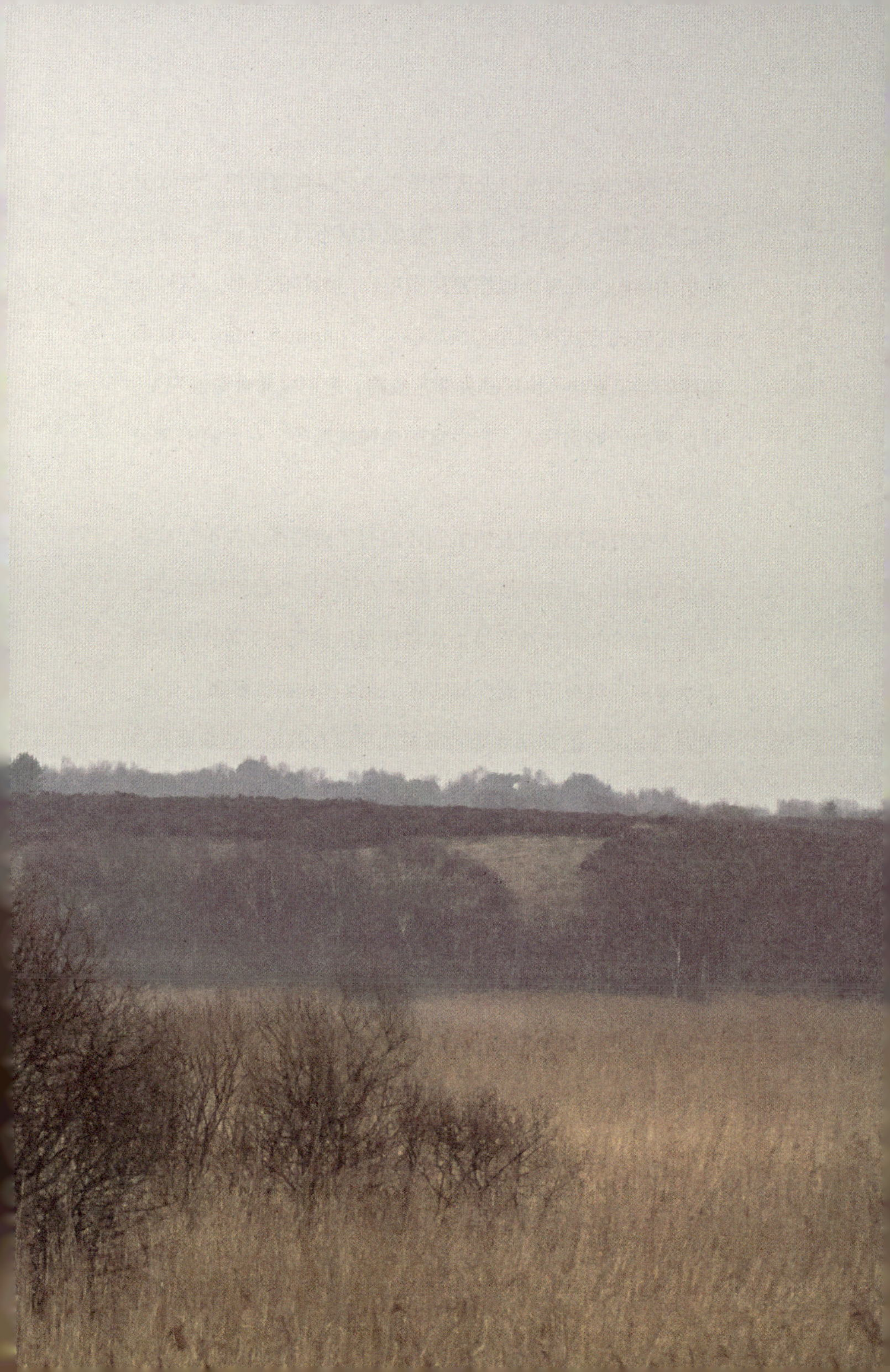

疾病就像一只贪得无厌的鼻涕虫，吞食着思想，身体和感官反应都陷入冬眠，大脑的愉悦中枢不再正常运转，这让我更加郁闷。我思念现炸薯片和巧克力蛋糕的美妙。这种失去愉悦感的方式被叫作"快感缺失"（anhedonia），是抑郁症的常见症状。快感缺失非常狡猾，它们以偷食愉悦为生，算计着如何摧残病人，它吞食的愉悦感越多，对大脑的掌控就越厉害。

人们对抑郁症的发病机制还没有了解透彻。在抑郁症和有自杀倾向的患者大脑中，血清素的反应环节遭到彻底破坏，因此诸如SSRIs（选择性血清素再摄取抑制剂）等提高血清素水平的药物被用于治疗抑郁症。这类药物对许多病人有效，但对三分之一的抑郁症患者来说几乎没有效果，这表明在有些抑郁症患者的大脑中，存在其他生物化学变化。例如，有一种叫作"去甲肾上腺素"（norepinephrine）的神经递质，其水平会因为长时间情绪低落而发生改变，仅有一些SSRIs能够促进它的生成。毫无疑问，有更多与抑郁症有关的生物化学反应尚未被研究透彻。长期压力是一种常见的、会导致压力激素皮质醇水平升高的因素，如果压力源头持续存在，患抑郁症的风险就会更高。新的研究显示，肠道菌群和皮质醇途径（cortisol pathway）也可能与抑郁症存在联系。激素、神经化学和生物群落系统的变化是抑郁症发病机制的重要线索，但它们的情况极其复杂，需要更多的研究分析。

整个世界被困在了屋子里，我只能在房间之间来回挪动。思维变得迟钝和混乱，绘画、拍照和写作的冲动都消失了。我避开朋友，拒绝社交，每天只能处理最简单的事情，并且对自己无法为家庭做出贡献、无法履行工作承诺、无法成为一名合格的母亲而感到内疚。这种内疚令人难以承受，自责使我的情绪更加低落。

一开始，我试图保持正常。我努力坚持在床上工作，当思维稍微清晰时就断断续续写作。我成天昏睡，白天可以睡三四次，到了晚上还能睡一整夜。我的记忆开始模糊，好几次我发现天已经黑了，却记不起早上是怎么开始的。

这辈子最艰难的经历，开始闪现在脑海中：19岁时祖父母去世；因病没能完成第二学位；因为孩子脾气不好觉得自己当不好妈妈，并因此和朋友闹翻；和邻居倾诉家里一位亲戚不幸遭遇了严重的脑损伤，他们却不以为然，冷淡回应；和有些亲朋关系决裂，再也无法和好如初。

这些事说起来只有寥寥几个字，但每回想起一件，大脑额叶都像有铁丝藤在缠绕那样痛苦。我已尽我所能用谈话疗法和抗抑郁药物来缓解，竭尽全力把每件痛苦的事情都压制在潘多拉魔盒之内。我努力去认清事实：孩子脾气不好是因为她对世界的反应比较特别，不是因为我做错了什么，尽管

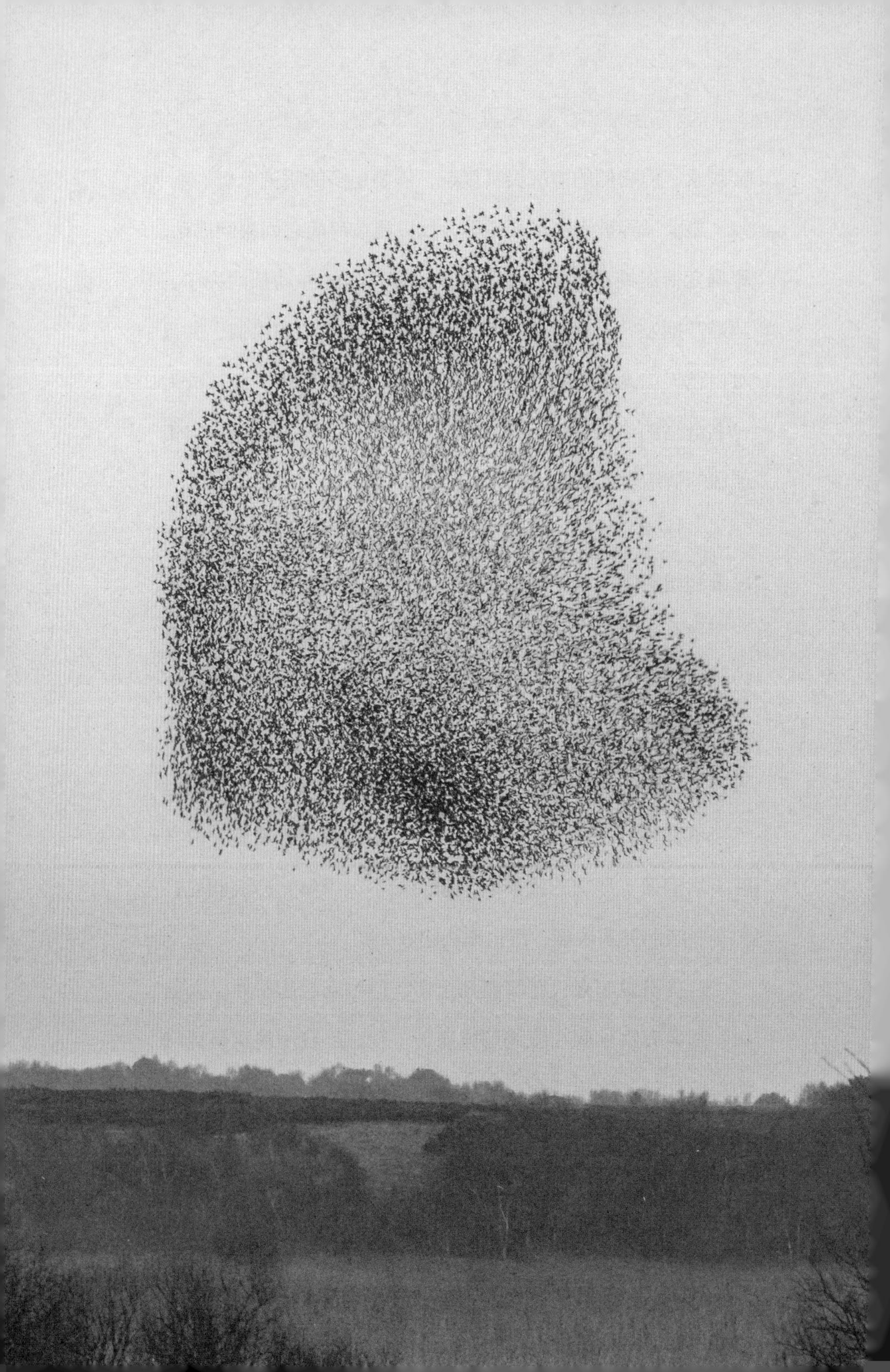

当时我坚信是自己有问题并患上十分严重的产后抑郁；亲人遭遇脑损伤，确实是一场可怕的事故，彻底改变了伤者和他的生活，但邻居们只是不太了解什么是大脑受损，他们以为脑损伤最后都会死，所以对这个话题感到害怕而退避三舍，尽管当时我觉得自己好像被孤立了。他们排挤我，而我又需要社交。我绞尽脑汁琢磨：大家为什么会这样，但可能当时他们并不是最好的倾诉对象。仅此而已。

如今，我与其中许多事情已经和解，不再自责了。但是，在我存放这些痛苦过往的盒子角落，有些不易察觉的缝隙和洞口，记忆从这些地方渗出，给未来蒙上阴影。冬天的光线不足，加上这些痛苦的记忆，再加上由于家庭中某些长期压力导致肾上腺素和皮质醇水平过高，我很难从反复纠结中解脱。缺乏阳光的冬天使大脑中的化学反应发生变化，造成我在圣诞节前后的一两个月里情绪无比低落。

如今到了3月，我的情况更加严重，所有记忆之盒都飞快打开，一种压倒性的自我厌恶和责备疯狂爆发。这些情绪不合逻辑，不合时宜，却迟迟不能平息。抑郁症拿出了它武器库中最危险的武器。讽刺的是，3月正值早春，阳光和万物生长近在眼前，而我却难以维持正常生活，情绪陷入低谷，精神状态在危险的边缘徘徊。我思绪乱飞，大脑被卷入自责旋涡中，无休止地反省自己这没有做对、那也没有处理好，搞砸了一切。那些未能实现的目标、他人的冷漠和批评反复闪现，助长了内疚情绪：别人会这样反应是因为我的问题；我没把事情做好；我太差了。这种精神风暴永无止境，汹涌澎湃，不断为一种结论寻找证据：我一无是处。这些思绪喧闹得令人难以忍受，最终彻底霸占了我的全部思维。

3月中旬开始的精神风暴，用比较中性的医学术语来说是一种"自毁倾向"或"自杀意念"。它是抑郁症的黑洞，一个引力无比巨大的事件界线。由于冬季造成大脑中的化学反应变化，以及难以摆脱的长期焦虑和脱离现实的自我施压，我筋疲力尽，抵抗抑郁的努力彻底失败了，并向抑郁症所渴望的自毁方向摇摆。我开始考虑实行自杀。这种自杀意念如此强大，以至于一年中大多数时候都能够起效的那些应对技巧统统失效。我感觉自己在尼亚加拉大瀑布的顶端，坐在一艘小船里，遭受流水强劲的冲击，摇摇欲坠。

我驾车驶往A11公路，那里有很多桥。我的想法很明确又很迟疑，选哪座桥跳下去最好？最致命的，还是最高的？思绪杂乱到爆炸，以至于生理上也产生了身体要爆炸的感觉。自我了结的想法在心中咆哮，这种意念好似要从头骨中迸发出来。我开着车，看到了生长在中央保护区灌木丛中的树苗。这一瞥绿色和汽车嗡嗡前行的节奏，使自戕的喧闹稍微安静了一点。大脑中沉默了好多天的一小部分开始苏醒：

这一小部分是正常状态的自我，是可以从大自然中寻找疗效的自我。它喃喃自语：你很不好，赶快求助。这声音虽然极度细微，但我听进去了。我继续沿着 A11 公路开了一会儿，让行车来平复思绪。我驶过大片树林，那些树郁郁葱葱，令人心安。我的思绪并没有彻底平静，但那种走向不归路的可怕躁动已经停止了。我内心感到一丝安宁，便驾车回家。我把自己糟糕的状态告诉了丈夫，然后上床找了一些电影来分神：古装片里的复古场景、繁杂服饰和老套的剧情，让我暂时逃离了现实。丈夫给我泡了好几杯茶，准备了些好吃的。第二天早晨我便去看医生了，医生给了我治疗方案：休息、增加抗抑郁药剂量、预约与心理健康支持小组的谈话。医生还给了我一个电话号码，如果我的自杀意念失控，可以打电话搬到某个专门的地方去住。于是，为了不住进那个地方，为了不让自己一了百了，我开始了缓慢而艰难的自救。

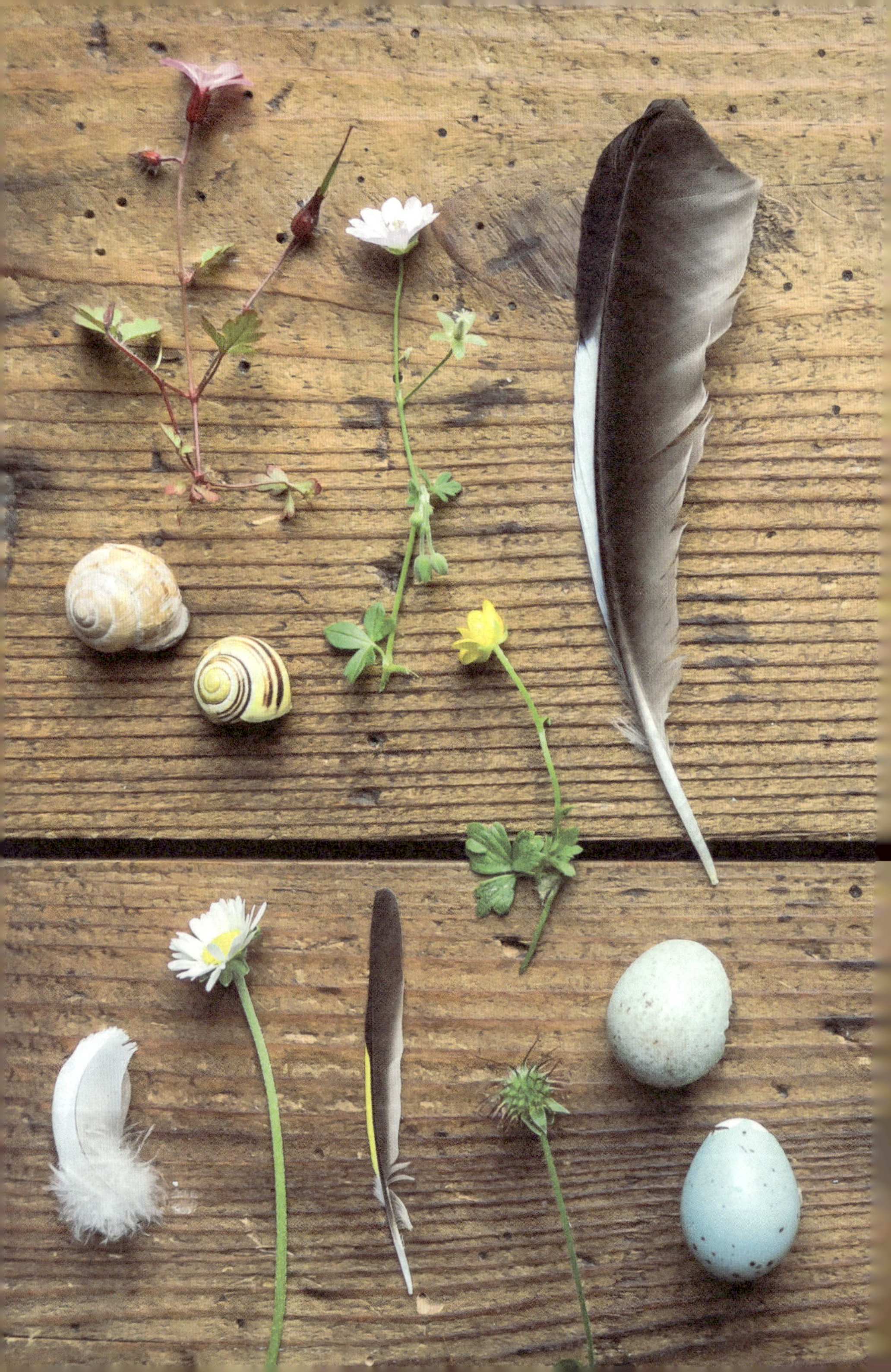

4月

丛林银莲花绽放

第一只燕子到访

大自然治好了我的抑郁症

如果有人了解我的生活后,质疑我为什么会得抑郁症,我一点也不会怪他。因为我的一切看上去好极了:我有一栋花园小屋,结了婚,育有两个孩子,经营的小本生意也不错。我感激这一切。可是,疾病并不在乎你是谁、过得怎么样。不得不承认,我的家庭生活其实并不美满,每天都充满了焦虑和摩擦。有时候,我觉得一家人像是一边灭火一边前行,令人疲惫至极。

我家曾在短短三年内接连遭遇一系列困难:事故、重疾,还有人际关系矛盾。因为这些事,家庭状况也发生很大变化。每一次发生变故,抑郁这只大黑狗就摩拳擦掌,兴冲冲打包行李入住我的身体。2008年,我最终被确诊为抑郁症。自此以后,每当我极度疲倦时,抑郁症就会邀请它的老朋友"长期焦虑"和"自杀意念"到我的身体里开派对。上个月我经历的正是这些。

3月份,我的精神状态很可能致命。每当因为显露出抑郁情绪而自责时,我都会努力正视问题,这样才能自救。出现自杀意念的抑郁症患者和普通抑郁症患者大有不同,在想自杀的情况下,思维活动会更快,并受到一种强烈和迫切的自我毁灭欲望的刺激,思绪运转的速度就好像从陡峭山坡上往下俯冲。

事实上,处于自杀倾向状态的大脑确实发生了变化。有一种名为 γ-氨基丁酸(GABA)的神经递质,在大脑中充当抑制神经元活动的抑制剂。而在自杀者的大脑中,有一种 γ-氨基丁酸受体的表达很弱,这意味着它们无法发挥调节作用。3月份,我飙车、战栗以及陷于种种消极想法等表现,就与这种失调有关系。神经元活动在大脑中混乱爆发,无法平息,那些危险的念头也无法消散。有人认为,自杀倾向状态下的大脑所发生的这种变化是后天的。也就是说,γ 氨基丁酸受体的表达和活性变化,是环境影响造成的基因表达,并由此改变神经元的活动。换言之,自杀意念可能是一系列生活事件和艰难环境造成的。基于 γ-氨基丁酸的研究揭示了一种抑郁症最糟糕结果的触发机制,但事实上,我们对于自杀意念的生物化学起源还知之甚少。

乌鸫

几个月后的现在，我写下这些时，状态已经完全不同。虽然我并未对自己的现状十分满意，但一切都已变得正常。此时此刻，我正在照顾女儿，她得了轻微的胃炎。我们吃完饭之后，我给她布置了一项创造性的小任务，她欣然接受。我现在一边画一只鸟，一边写作。

洗衣机滚筒正在转着，发出令人安心的旋转声。我能听到有一只雄乌鸫在花园里的树篱上唱歌，向它附近的鸟儿宣示对这片花园的主权。这只乌鸫让我突然涌出一股幸福感。它的歌声悦耳、短促又复古，让我的脑海中闪过鲜艳的色彩。

一切都很好，上个月那样的黑暗已经消失。此时的我一边写作，一边体味到巨大的慰藉。我这一生确实经历过几次这样的黑暗，它们就像锋利的黑曜石刀那样可怕和致命。

4月来临后，我的抑郁情绪减轻了一点点，但是3月份经历的风暴仍轰隆回响。当这种风暴到达巅峰时,大脑前额叶的每一束神经都在激烈燃烧。说来令人讶异,明明那时大脑神经正发出电闪雷鸣般的咆哮,但一切却发生得无声无息。就好像我一边面对着六七个同时尖叫和呕吐的婴儿,一边有人在耳旁用似乎无意识的轻声说着可怕的事情。

看过医生后,我大部分时间都用来睡觉休息。SSRI抗抑郁药对大脑有着立竿见影的舒缓效果,而且自己也确实累了。这一次抑郁症发作后,大脑神经好像因为剧烈的无声燃烧而受损了,我感到大脑回路已融化,有什么地方关闭了。

任何分散注意力的事情都有助于恢复,但我的能量水平已经微弱到连出门散步都做不到。我看了很多电影,还疯狂补追了华丽闪亮的综艺节目《鲁保罗变装皇后秀》(*RuPaul's Drag Race*),这些片子支撑着我度过了4月。

慢慢地,我开始能重新感受针织的乐趣了。因为小屋在维修,有一段时间没有供暖,所以我给女儿织了一双无指手套。织毛线是一种机械反复又很流畅的细致活儿,当看到女儿戴上手套时,我会有小小的成就感。

因为在家里帮不上太多忙,为了逃

避负罪感，我去拜访了好友夏洛特。换了个环境后，我的状态好了一两天，但随后又变差了，因此我又回到了家里，而且我也不想让夏洛特看到自己状态糟糕时那种死气沉沉的绝望。看来，顽固的黑暗依然存在。

我翻阅了埃克塞特大学的一些研究成果。研究认为，大自然中的鸟类可以帮助缓解抑郁。我决定尝试利用鸟类进行自我疗愈，想办法吸引鸟儿到花园里来。根据以往抗抑郁的经验，如果能专注于一个小项目，会有助于远离无休止的自责和悲伤。织手套就是一个很好的例子，所以我积极寻找其他类似的方法。

我搞来了一个铁制金属喂食器，外表形似有很多枝杈的小树。想到能透过窗户看到蓝山雀，我感到有了一点动力。

家麻雀

我带着孩子们去当地花鸟市场采购了一番，往购物篮里装满了喂鸟的饲料：粉虫、花生、种子、脂肪球、一种知更鸟喜欢的麦片和几个喂食器。回到家后，我们在靠近窗户的地方竖起了树状喂食器，并在上面填满了各种食物。

我们有好几年没有给鸟儿投食过了，所以并没有抱很大的期望，或许一个礼拜后能来几只访客就不错了。没想到不到一天工夫，就来了一只热情的蓝山雀。没多久，又来了一只家麻雀。

之后几天，很多鸟儿成了我家的常客：一群麻雀、一只大山雀、一对金翅雀、一只椋鸟，最让我开心的是来了一小群长尾山雀。我可太喜欢它们了，个头小小的，都很漂亮，就像充满活力的、毛茸茸的棒棒糖。在我们这里，大家会叫它们"乞丐桶"（bumbarrel，因为它们的巢像个球）和"飞茶匙"（flying teaspoon）。

12月的时候，我在森林里看到鸟群飞过树林，高声鸣叫，如今在自家花园里也能听见这些悦耳之声，这着实令人兴奋。我大胆走进花园，但鸟儿们并不怕我，仍然留在院子里享受美食，它们叽叽喳喳，在喂食器和树篱间来回飞舞。春寒料峭，我穿着大开衫，裹着围巾看着它们，内心涌起了一股感激之情。我感到自己内心发生了变化，鸟类疗愈起作用了。后花园里开通的这个小鸟直播频道，帮我扫除了抑郁的阴霾。

有一天早晨，孩子们都去上学了，我端着一杯茶静坐时，突然传来翅膀的扑棱声，一个粉黑白蓝相间的模糊身影停在喂食器旁。它是一只松鸦。我从来没在花园里遇到过松鸦，估计这个户外喂食器确实达到了米其林水准，一些不太常见的鸟儿也寻味而来。这只松鸦歪着脑袋，盯着喂食器里的粉虫。就在这时，附近传来一阵动静。那只在我们花园里筑巢的乌鸫，对松鸦的出现怒火中烧。它飞下来，开始朝着松鸦高声嘶叫，每叫一声，翅膀都会划动一下，就像愤怒地发表长篇大论的人一样，一边说话一边挥舞手臂。乌鸫的反应情有可原。松鸦是鸦科动物，是乌鸦家族的一员，它们经常掠夺其他鸟儿的蛋和雏鸟。不过，这只松鸦只是在寻找花生和粉虫，但乌鸫可不敢拿自己的幼鸟冒险。尽管身形比松鸦小很多，它还是疯狂扑向松鸦，想要啄咬、驱赶它。

在窗户后看到这戏剧性的一幕，安妮也开始发出呜呜声。松鸦侧身一跃，躲过乌鸫的攻击，高冷地啄起地上的粉虫。乌鸫似乎考虑了一下自己的位置，发出一声响亮、颤抖又愤怒的警告声，便退回到树篱上，从远处继续朝松鸦不断鸣叫。

我的博物标本收藏里有三根珍贵的松鸦羽毛，是黑色和湛蓝色的，那种蓝就像 7 月的天空那么美。这种羽毛极难寻找，十分珍贵，博物学家之间会交换或买卖它们。看见松鸦出现在花园里，我便拿出这三根羽毛细细观察。它们来自松鸦翅膀，不知道如今松鸦羽毛是否还像过去那样被当作货币进行交易，如果是的话，我很乐意用培根或蛋糕换一两支松鸦羽毛。对我而言，松鸦羽毛才是真正的宝藏。虽然它们攻击力很强，但胆子很小，所以看到花园里出现了这么一只松鸦被脾气暴躁的乌鸦教训，我就像服下了一剂大自然提供的抗抑郁药一样舒坦，已经好几周没有这种体验了。第二天，松鸦还和它的伴侣一起出现了，这让我更加兴奋。

我仍然没有足够的力气去森林里散步，所以大多数时候都坐在窗边，看着喂食器边来来去去的鸟儿们。这种看似不起眼，而且还是人工打造的自然景观，让我度过了4月里的黑暗时刻。

上个月，在我抑郁症发作期间，因为低温、大雪和寒霜，春天也延迟到来了。但我几乎没怎么注意到这一点。我只是透过窗户观察自然变幻，然后在社交媒体上看到大量冬季的雪景和令人难以置信的高大雪堆。但看多了，我对这些感到索然无味。当时，我的大脑深陷抑郁症，没有注意到这种极端天气对野生动物的影响。寒冷不仅让土壤和空气的温度持续走低，使植被和树木无法发芽开花，还让地面上的虫子、种子和小型哺乳动物被困在冰冻之中。这就导致生物的生存变得艰难。鸟儿们要占地筑巢、寻觅配偶、产卵育儿,这些都需要食物和能量,但初春时的倒春寒,让很多鸟儿的求偶遭到灾难性的障碍。雌鸟只有储备了足够能量才能繁殖,而额外的等待会让鸟儿们在繁殖季难以生育更多的后代。

过去五年来,乌鸫一直在花园里的树篱上筑巢。它们的巢是由荆棘、接骨木和纸盒子搭起来的,位于花园的边界。虽然不确定每年是不是同一对乌鸫鸟筑巢,但它们都于2月底出现,在差不多同样的位置开始忙活。今年,雄鸟和雌鸟都是3月中旬才叼来干草、泥土和苔藓,比往年迟了好几个星期。这肯定是因为冬末春初的严酷天气。

如今到了4月,这对夫妇每时每刻都在我们的花园里寻找小虫子,这说明它们的孩子正在孵化。想到这一点,经历了好几周病情的我就会好受一些。它们的能量和精气神儿是无穷无尽的,我真想分一点给自己。雄乌鸫仍在大声鸣叫,试图赶跑松鸦,但徒劳无功。在花园鸟群等级中,雄乌鸫无疑是王者,但如果有一只鸦科鸟类出现在它的领地,它就得退居二线。

椋鸟也出现在喂食站中,经常和一堆吵吵嚷嚷的鸟儿一起争夺粉虫和大脂肪球。乌鸫对它们的出现无疑极为震怒。椋鸟比乌鸫略小一点,每次有椋鸟出现,乌鸫就会短暂

乌鸫的巢

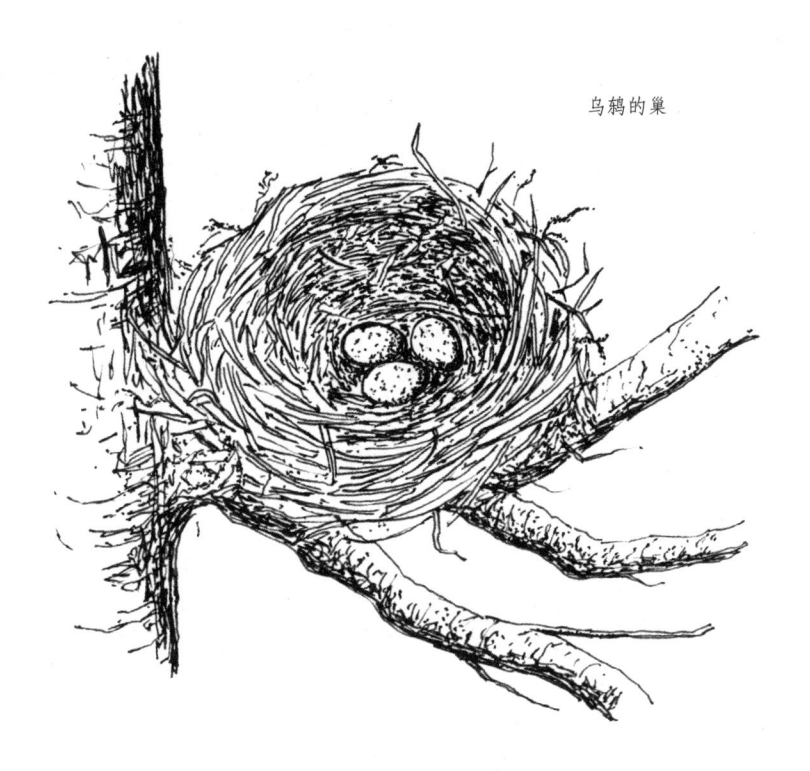

地冒出来，用鸟语骂街和扑棱翅膀的方式发出警告。成群的椋鸟更麻烦。有时候，乌鸫想一次性解决所有椋鸟，但这会浪费用来寻找虫子的精力。所以大部分时候，它都是瞠目凝视和高声尖叫，相当于鸟类的咒骂，然后继续为幼鸟觅食。

我在利物浦郊区长大，那儿夏天有一些燕子。无论多晚，哪怕它们已经驻留了好几个月，连小鸟也孵化出来了，只要能看到一只家燕、雨燕或者岩燕，我都特别兴奋。很小的时候我就知道，这些小小的黑色旅行家十分特别，它们是希望的信使，是天气转暖的开始。

2003年，我们搬家到沼泽附近。我了解到，燕子会在每年4月12日到14日之间抵达。但今年这个日期已经过去了，却迟迟看不到它们的身影。季节流转似乎停滞了，我对它们的缺席感到困惑。在推特上，我试图寻找答案。南海岸已经出现了燕子的身影，但比往年推迟了好几个星期。鸟类爱好者十分疑惑：全球变暖理应让燕子比往年更早从非洲北归，3月份的冰雪天气对它们的影响不大。究竟发生了什么？燕子去了哪里？有传言称，摩洛哥的坏天气阻碍了迁移。我坐在花园里每天盯着天空，希望能看到燕子现身。树篱上有叽叽喳喳的家雀，有警惕不安的乌鸫，还有一只在植物间小心跳跃的白头翁，但没有长长的燕尾，没有像游泳一样的俯冲飞行。长尾山雀三三两两地来到花园，落在喂食器上享用美食，丝毫不顾忌坐在旁边的我。这些鸟儿都是令人开心的，但我的视线还是忍不住转回天际，希望看到燕子的踪影。

时间流逝，温度上升，我在花园里待着的时间越来越多。我恢复得很慢，但和植物在一起，无论是栽培的还是野生的，都能舒缓情绪。我会在晴朗的早晨给花园除草，盘算着和土壤里的有益菌多多接触，特别是母牛分枝杆菌和其他可能还没被发现的菌种，它们可以调节大脑中神经递质的平衡。园艺活动能带来温和又满足的振奋感，就好像泥中瑜伽。看着鸟儿们拜访花园，抑郁情绪也随之减轻。我清理了一片花圃上的羊角芹、旋花和蓟，打算用这片花圃种花，到年底就可以把花摘下来装饰屋子。忙活一阵后，我休息片刻，泡了一杯茶喝。这时我看向天空，然后它出现了：是第一只燕子。

它向花园俯冲而来，仿佛一只在空气的浪花里翻滚的蓝黑色海豚。它沿着树篱飞着，那儿是蚊子和其他飞虫的聚集地，然后跃过屋檐，沿着沙果树而下，绕行花园一周，最后落在一根旧天线上小憩。

它从南非千里迢迢而来，日行一两百英里，耗费一个月的时间北迁五六千英里。对于这么一只小体形的鸟来说，这宏大的旅程简直令人匪夷所思。无数人夸赞燕子面对几乎不可能完成的任务时体现出的坚韧毅力，虽然有点陈词滥调，可事实确实如此。很多燕子死于途中的暴风雨和被捕食，但大多数都会抵达目的地，然后配对、筑巢、产卵、育雏。它们就像羽毛飞镖一样，在夏日农田上敏捷盘旋，在电线杆上聚集，准备又一次离开。每年有燕子停留的几个月，我的状态都很不错。看到这只鸟经历漫长的旅程后终于在我家落脚休息，我无比兴奋。燕子到达了目的地，我也成功度过了又一个冬天。我在后花园里激动地哭了。

有一天，我们全家（包括安妮在内），一起去布莱德菲尔德森林旅行。这个地方挺特别的。在森林入口，有不少砍伐下来的木制品在售卖：豌豆架和用来围栏打桩的木杆。砍伐让森林中出现了开阔空地，野花得以在其中繁荣生长，金银花、刺藤和玫瑰簇拥着，为夜莺提供了一个完美的栖息和哺育后代的地方。这种地方让人感觉穿越回了古代，但如今在英国很难见到了。

雨后的道路十分泥泞，到处都是水坑，林中相当寒冷，但榛子树下和小路边缘，到处都是春天的痕迹。刚走进森林不远，我们就看到了星星形状的丛林银莲花。每年3月，花店里会售卖宝石色的银莲花，花园里的粉白色日本银莲花也会开花，而眼前这些丛林银莲花是它们的野生表亲。它还有个俗名叫臭狐狸，因为花的叶子会散发出像麝香的臭味。它们在布莱德菲尔德森林里成片生长，给林间小道上铺满了花儿组成的星河。丛林银莲花还有另一个名副其实的名字，叫风之花。在4月寒风中，它们确实会抖动着翩翩起舞。这些

花的叶子呈锯齿状，像天竺兰那样精致，单排白色花瓣中的雄蕊形状十分完美，我可以盯着它们看上好几个小时。

拐个弯，我们走上一条长长的直路。我们前进得很慢，因为泥土相当厚，地上有麂子和鹿的足迹。安妮着迷地嗅着每一个脚印。走了几米后，我发现了一抹微妙的黄色，便驻足察看：一株牛尾草正在开花，这种植物只能在英格兰东部少数几个地方生长。

它的花瓣很像报春花，但习性更像樱草。它花茎直立，从一圈有漂亮褶皱的叶子上长出来，每一根茎的尽头都有几朵花绽开。在《仲夏夜之梦》（*A Midsummer Night's Dream*）里奥伯伦的独白中，这种花永生不死。他描述了一个野生百里香绽放的河岸，其实那应该是牛尾草、犬蔷薇和香忍冬组成的混合花丛。我被植物学家附身，开始有点担心，因为野生百里香喜欢温暖的沙质土壤，但这株牛尾草却长在寒冷而富含黏土的林地

燕子

布莱德菲尔德森林里的丛林银莲花

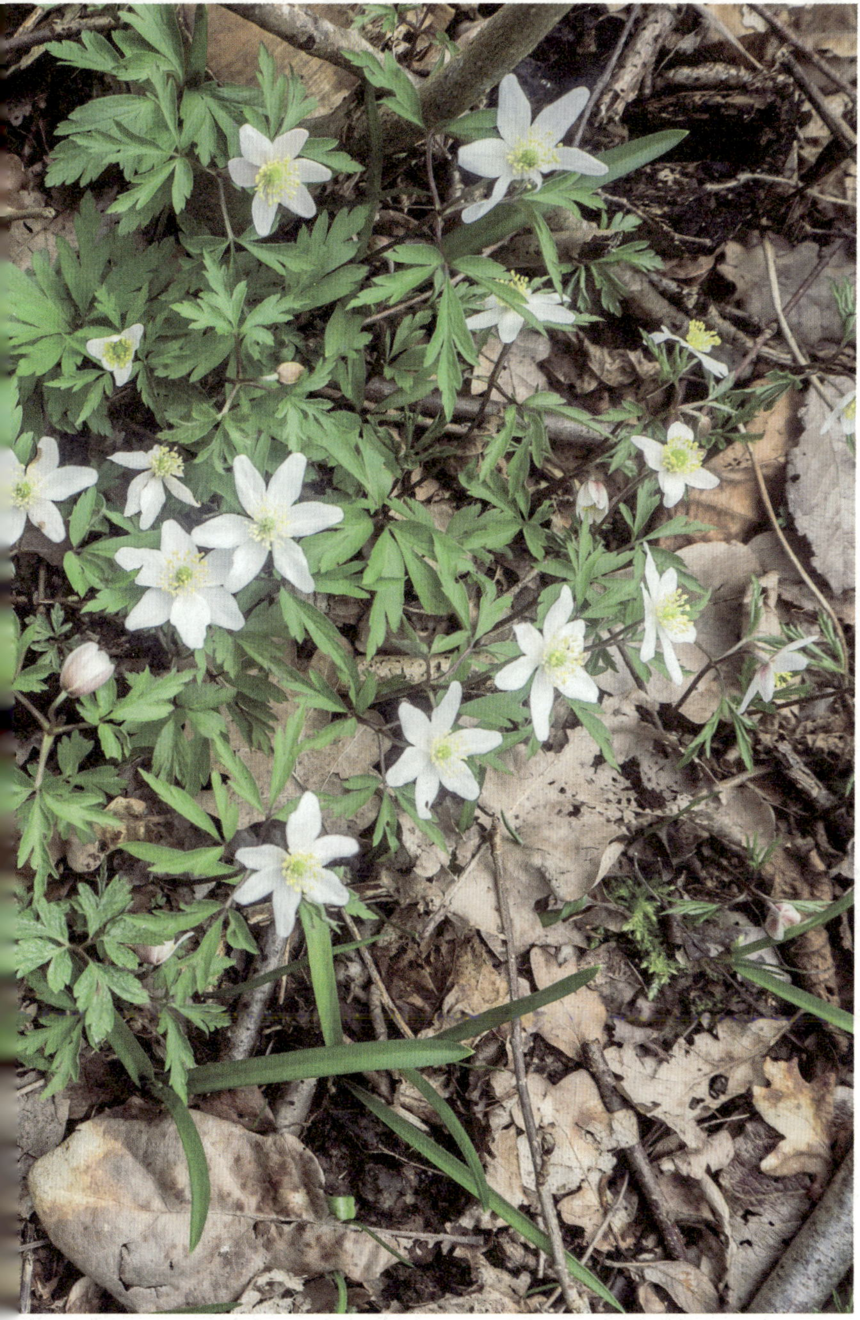

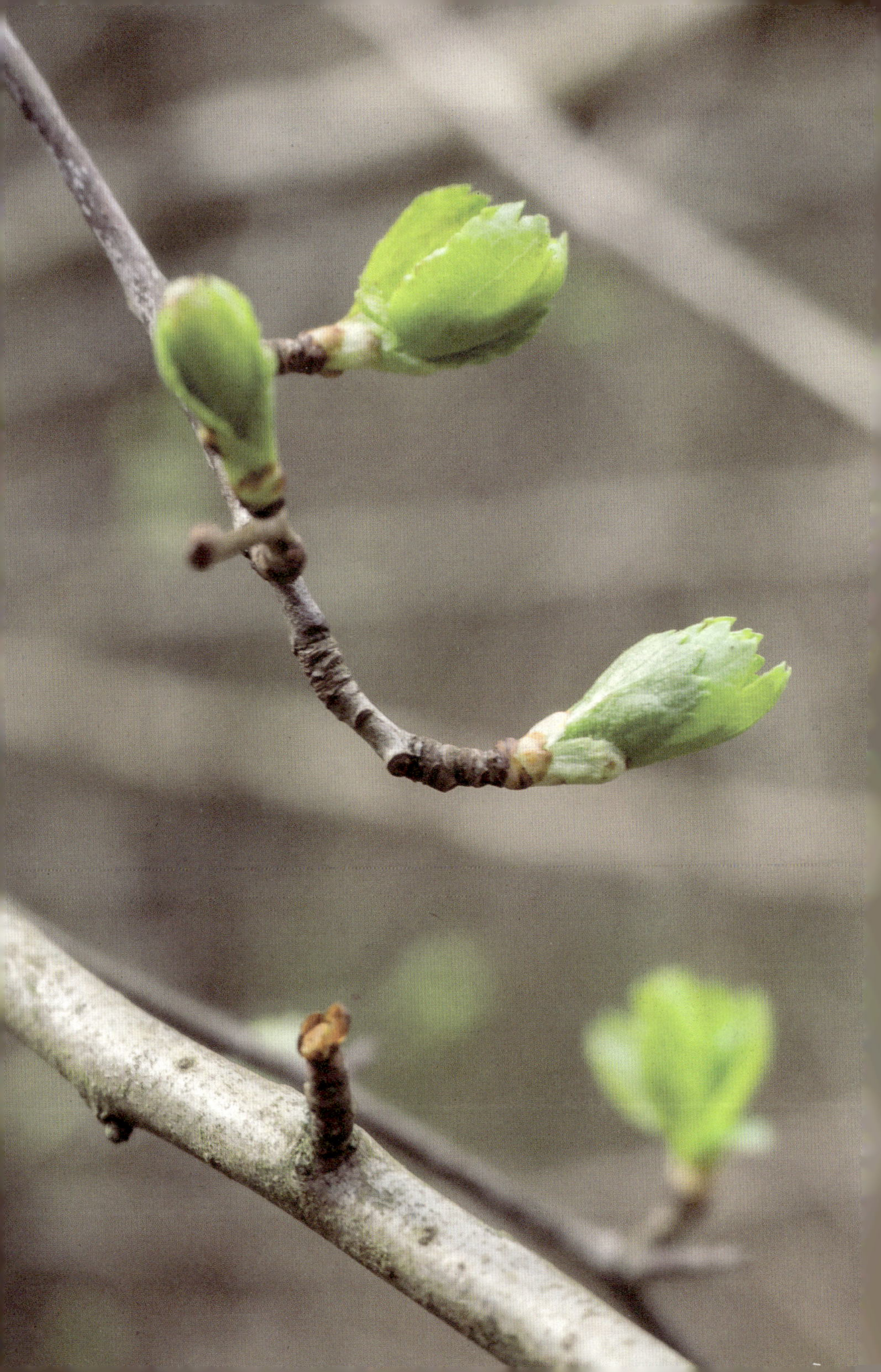

中。好吧，这种担忧有点无趣。我看到有野金银花缠绕在被砍伐后的榛子树干上，而刺藤的灌木丛里藏着夜莺的巢。在奥伯伦提及的仙境里，河岸边长满了神奇的魔法植物，泰尼亚喜欢在岸边花香中打盹。他所说的这些，很可能受到布莱德菲尔德森林的启发。

一些葱已经长出了叶子，花苞也显而易见。我最喜欢的花之一——紫萼路边青，应该也在森林的沟渠边生长着，但我还没能把它们找出来。不过，我看到了绣线菊的嫩叶，它们沿着花茎交错纠缠，就像植物折纸。春天姗姗来迟，但风雨却不受影响。我给女儿们介绍看到的每一种植物，告诉她们牛尾草是多么罕见，孩子们听得津津有味。准备离开时，小女儿发现了脑袋上方的一小片黄绿色，那是榛子树的幼芽冒出来了。在冬天留下的一片棕灰色里，幼芽的嫩绿如此渺小，又如此神奇。我们离开了这片奇妙森林，春天的迹象正在治愈我的创伤。

‹ 布莱德菲尔德森林中榛子树的新芽

峨参

5月

夜莺归来

峨参花开

~ 大自然治好了我的抑郁症 ~

自发病已经过去两个月,虽然我已从抑郁症最糟糕的深谷里走出,但神志依旧受到低落情绪的影响。不过,随着 5 月的来临,我内心一直被压抑的探索大自然的本能开始苏醒了。这种本能一直惨遭打压,好在它现在终于回归。为此我感到十分欣慰。

当我因病窝在家中时,最思念的春光就是峨参花们。但由于今年季节流转变慢,它们 5 月初才开花,倒是蓝铃花已

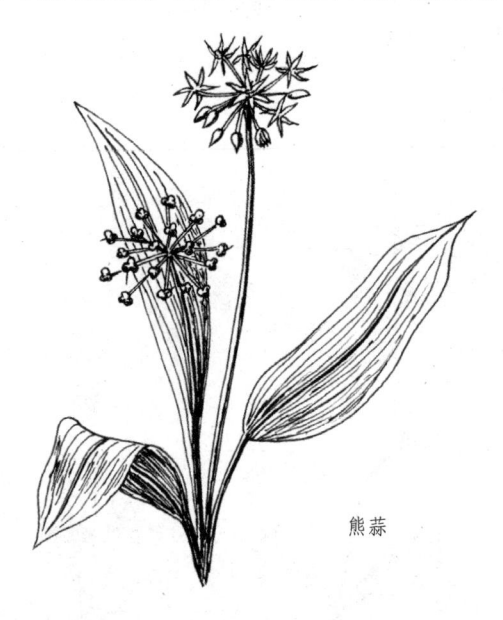

熊蒜

黄褐采矿蜂

5月

经大片绽放了。我很高兴没有错过它们。残余的抑郁情绪仍拖拽着我的动力和能量，但我着实想看到林地中四处蔓延的仙境般的迷雾蓝，这念头已强大到抑郁无法压制，所以我再次开车去了布莱德菲尔德森林。

天气晴朗，春天的步伐临近，森林里也格外温暖起来。暖和的气温，斑驳的树荫，令人陶醉的绿色，落叶、新芽和蓝铃花的混合香气，为散步调配出一款感官鸡尾酒。此时此地，一切都那么神圣，阳光、气味、颜色，还有其他的东西：初来乍到的蜜蜂、精致的锥足草叶子和在上空奏响管弦乐的鸟儿们，大自然就身处这万千细节之中，我的精神高扬起来。

我想象自己在森林鲜亮的新叶中游泳，潜入去年微微发霉的落叶层中，流连于树根之间的菌群里，再从沼泽里冒出脑袋，那里有带着绿意的春日金色阳光倾泻在熊蒜上。我静静站着，欣赏着，让自己沉浸在森林的喜悦之中。我知道还有冬眠的老鼠、夜莺和兰花在森林某处。这里充满了生命力，可以提供疗愈良方。

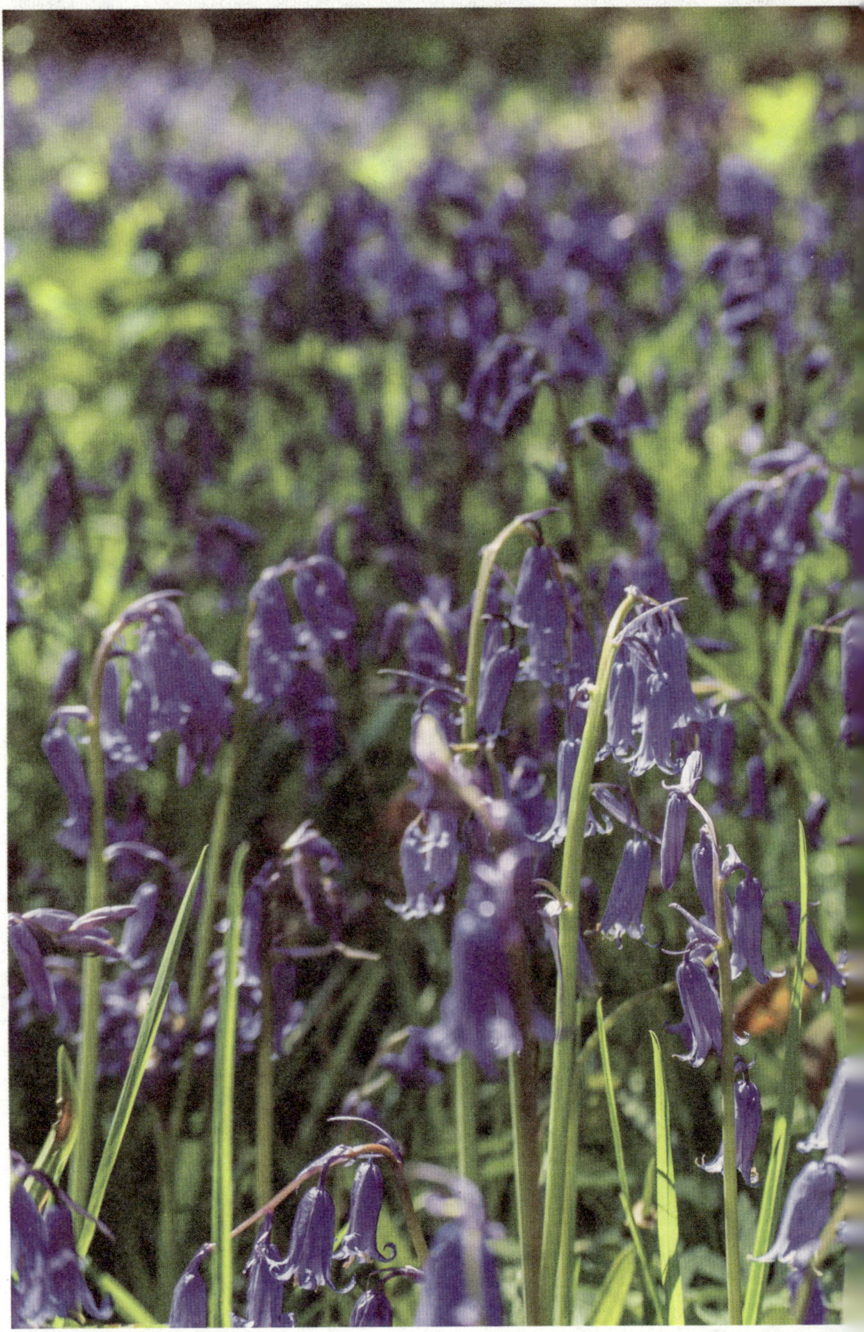

◁ 布莱德菲尔德森林里的蓝铃花

我走向离游客中心只有几米远的林间空地。这儿有砍伐后残留的榛子树墩，上面密集地长满了新生没几年的树枝。一个小牌子上写着"请勿靠近，独居蜂正在筑巢"，这证明萨福克野生动物基金会对这块珍贵栖息地呵护有加。我注意到前方低矮沙坡上有些微小的动静，那是雌性黄褐采矿蜂。它们呈亮铜色，正忙着挖洞产卵，在洞口前盘旋忙活。

去年，我也是在差不多的时节里看到这些蜜蜂的。我记得自己观察了它们一个多小时，当时我的女儿在一旁用冬天收集的榛子树枝搭了个窝。我想更深入地了解这些蜜蜂，弄懂它们是怎么筑出迷你巢穴的。我的目光跟随着它们觅食飞行，观察了许久，不由为之神魂颠倒。

在岸边，我找到了此行的目标——处于鼎盛时期的蓝铃花：低处的花朵纷纷绽开，每片花瓣都张到向后弯曲，高处的花朵仍然含苞待放。花丛呈深蓝色，泛着光，颜色好看到让人兴奋和激动。花丛中还有一块空地，长满了欧亚路边青、丛林银莲花和锥足草，我在这里盘腿坐下，凝视着花儿，让阳光和花簇充满视线，映入脑海。这感觉就像吃到一块最美味的巧克力蛋糕或一盘撒好了盐的自制薯片一样，满足感爆棚。我的大脑正在享用眼前这一幕景致，从中汲取着养分。

独居蜂采集花蜜和花粉的声音让人感到安心。我十分想躺在这花丛中睡上一觉，放肆地让时间流逝。好一场森林浴啊！我完全沉浸在周围的环境中，闻着腐叶土的气息和蓝铃花的芬芳，感受阳光触摸脖颈，听着树丛中小动物忙碌的沙沙声和掠过上空的鸟鸣。森林降低了我的血压，提振了我的情绪，冲散了我的焦虑。毫无疑问，它正帮助我康复。我不知道自己在蓝铃花中待了多久，最后才依依不舍地回家。

在福特汉姆（Fordham，英格兰地名）附近有一处交叉地带，过去三年中，地带边缘种植了很多本地的野花，最后变成了一道隔离带，旁边是川流不息开往索哈姆（Soham，英格兰剑桥郡的小镇）、伊利（Ely，英格兰剑桥郡的城市）和纽马克特的铰链式货车和汽车。事实上，我怀疑没多少人开车路过时会注意到这条隔离带，在他们眼中，这可能只是一块一闪而过，融合了白色、黄色、紫色和绿色的色块而已。

有时候，这块地的边缘会留下车辙辘印，草丛里到处是路过车辆扔下来的塑料瓶和烟头。这种地方通常不

牛至

太可能有茂盛的植被，附近的类似地带在夏天会十分干燥，还会被喷洒除草剂和除虫剂。不过，可能这块地的地主或者当地政府有所作为，竟把它照顾得生机勃勃，许多花草生长着：牛至、矢车菊、雏菊、原拉拉藤和蓬子菜、野豌豆、三叶草、红豆草、独活和蓝盆花。今年，这里长出了许多黄花九轮草。它们通常在 4 月中下旬就能达到鼎盛状态，但今年 3 月的降雪天气明显延缓了植物生长。

靠近铁轨边有一个废弃工业区，我把车停在了工业区入口处，然后朝环形交叉口走去。我太喜欢这些黄花九轮草了，成百上千朵聚在一起，形成了一团黄色的云。黄花九轮草的颜色很深，深黄色花朵上印有五个橙色斑点，五个花瓣都是心形的，花朵下方的每个萼片都卷曲伸长，带有凹槽形状。傍晚时分，微弱的阳光从背后照亮这些花朵，美丽至极。我像之前坐在蓝铃花丛中那样，坐在黄花九轮草丛中，全身心享受这个不可思议的角落。车辆就在几米远外的地方呼啸而过，但我几乎注意不到它们。

每年，我都会尝试寻找特定的野生物种：春天里的野生花格贝母，冬天里的椋鸟群，以及初夏的兰花。今年 5 月，我想找一种特别的鸟，它们的行踪难以捉摸，也是稀有物种，

夜莺

叫声令人讶异。它们的声调中有一部分像是沸腾冒泡的水，几乎令人难以承受的甜美高音起起伏伏，中间还夹杂着颤音、半音阶和低音音阶，听起来像在模仿引擎声。是的，每当听到夜莺的歌声，其他所有感官都变得无足轻重了，听觉接管了一切，它们的声音能刺激大脑中的一些神经元活跃起来。

九年前，有一只夜莺在我们村的树林里唱歌，那片树林恰好是我和安妮经常去的。当时，打开浴室窗户就能听到它的歌声，我激动坏了，连忙录下来发布在博客上。遗憾的是，这只 2009 年降落在屋后树林中的雄夜莺，当时可能想去威肯沼泽（Wicken Fen）求偶，但它既没有找到配偶，第二年也没有再回来过。

我太渴望听到夜莺的声音，于是开了一个半小时的车，去了一个叫"格拉普松奶牛牧场"（Glapthorn Cow Pastures）的地方，那是北安普敦郡一片受保护的茂密林地。我到了威肯沼泽，在野餐毯上一个人守了好几夜，努力寻找每年返回那里的这种稀缺鸟类。以前在意大利托斯卡纳，我曾听到数十只夜莺穿过树木繁茂的山谷时的呼声，那是我一生中最美妙、最重要的自然体验之一。不过，我更想在离家更近的地方找到夜莺。我在互联网上搜索了附近的繁殖地，定位到了贝里圣埃德蒙兹附近的拉克福德湖（Lackford Lakes）。似乎有好几对夜莺在那里哺育后代，而且离 A14 公路只有半个钟头路程。

这天晚上，我 7 点左右出发，于日落时分抵达拉克福德湖停车场。此时光线柔和，天空呈淡蓝色。地平线上，蓝色和一圈雅致的淡黄色无缝融合。在昏黄光线下，春天的树木和新叶投下繁复如累丝工艺一般的影子。我把车停好，打开车窗，一阵鸟鸣立即涌入双耳。这是夜幕下的合唱，春天有许多鸟会在飞到高处后，用这种方式宣布自己的领地。在停车场周围高高的树枝上，可以看到鸟儿的身影。鸟群合唱团正在歌唱一曲美丽的警告：每只鸟都在宣示自己的巢穴和家庭，外人不得侵犯它们的领土。

光线渐渐暗淡，合唱声也逐渐减弱，只留下乌鸫和鸫鸟仍在坚持，它们站在树顶大声鸣唱不休。在乌鸫如笛子一般的声线和鸫鸟的重复节奏之下，还隐藏着另一首歌曲，但很难被捕捉到。我锁上车，朝这个音源走去。乌鸦已开始安顿自己，它们仍在歌唱，但曲目之间的间隔时间更长，最终逐渐消停。鸫鸟则安静地休息了。而剩下的这首歌，它的曲调被远处茂密的灌木丛掩盖，却有一个低沉、独特的"突突突"音节。这说明它就是夜莺。我听出夜莺的声音后，便停下来专心聆听，让它们的歌声在我耳中形成乐章。

夜莺的高音十分尖细，似乎怀着哀伤，仿佛在抒发无法抑制的强烈情感，要让歌声穿透森林。这音调意外地打开了我的思绪。冬天那几个月漫长的生活如此艰难，我的精神付出了代价，直到现在才刚刚复活。夜莺的歌声从树林中某个遥远的源头传来，好像把我的各种感觉汇聚到了一起。每次抑郁症发作，我全力用所有武器来对抗它，可当刚刚能够挣脱它、慢慢恢复并尝试继续生活时，抑郁症又再次来袭。这种循环让人精疲力竭。当然，我熬过了濒临崩溃的那一天，可我并没有从整体视角来思考这个病程。站在此处，我听着婉转美妙的声音，被压抑的思绪突然在脑海中爆发。我意识到，自己可能很难彻底痊愈了，大半辈子以来，抑郁症已经摧毁了我充分享受生活的能力。我还意识到，我是如此厌恶抑郁症，它像一只巨大的灰色软体动物，趴在脑子上，而我则抓住每一个机会从它下方猛击。我漫步于森林，待在鸟儿和植物之间，努力让自己保持积极状态，亲手去绘画、上色或制作东西，通过这些办法反击抑郁症；我也坚持接受咨询，每天服药，情况一旦变糟就增加剂量。我需要大量的休息和睡眠，但这很难实现。与抑郁症斗争就是一项永无止境的任务，堪称一部悲惨巨著。太累了，我突然很想从这一切中休个短假，哪怕只有一天，我可以醒来，简单享受生活，不必降低对任何可能发生之事的期待。听着夜莺传来的美妙歌声，我在拉克福德湖边失声痛哭。

我静静地站在那儿，让泪水肆意流淌。我抽泣着，任由鼻涕从鼻子里滴到地上，乱七八糟地发泄内心的恨和怒。最后，我把思绪拉回现实，把它们装回大脑中那个可怕的盒子里，开车回家。

第二天，我感觉很好。允许自己承认与抑郁症共存是多么令人绝望无力，却倒让我感觉更轻松。我牵着安妮走到屋后树林里，沿着老路散步，走过令人安心的熟悉小路。树木闻起来很香。接骨木和山楂已经开花了，散发出浓郁的甜美麝香味，它们与枯枝落叶上蘑菇的菌味，以及浓烈的绿色气息——茂密的草地和茂盛叶子的气味——混合在一起。我停下脚步，看了看山楂花。

这种五瓣小花，每一朵都玲珑剔透，成百上千朵环绕在树上，散发着醉人香气。几周后，它们将开始结出山楂果，那浓郁的酒红色是一剂视觉良药。一年四季中的三个季节里,山楂都能抚慰心灵,帮我抵御精神上的黑暗。我对这棵树充满感激。站着嗅闻花朵香时,我想起了娜恩·谢泼德(Nan Shepherd)关于松树的句子:"芳香……飘入肺部最深处,生命进入了身体,我正通过鼻腔里的细毛,汲取着生命呢。"

接骨木花

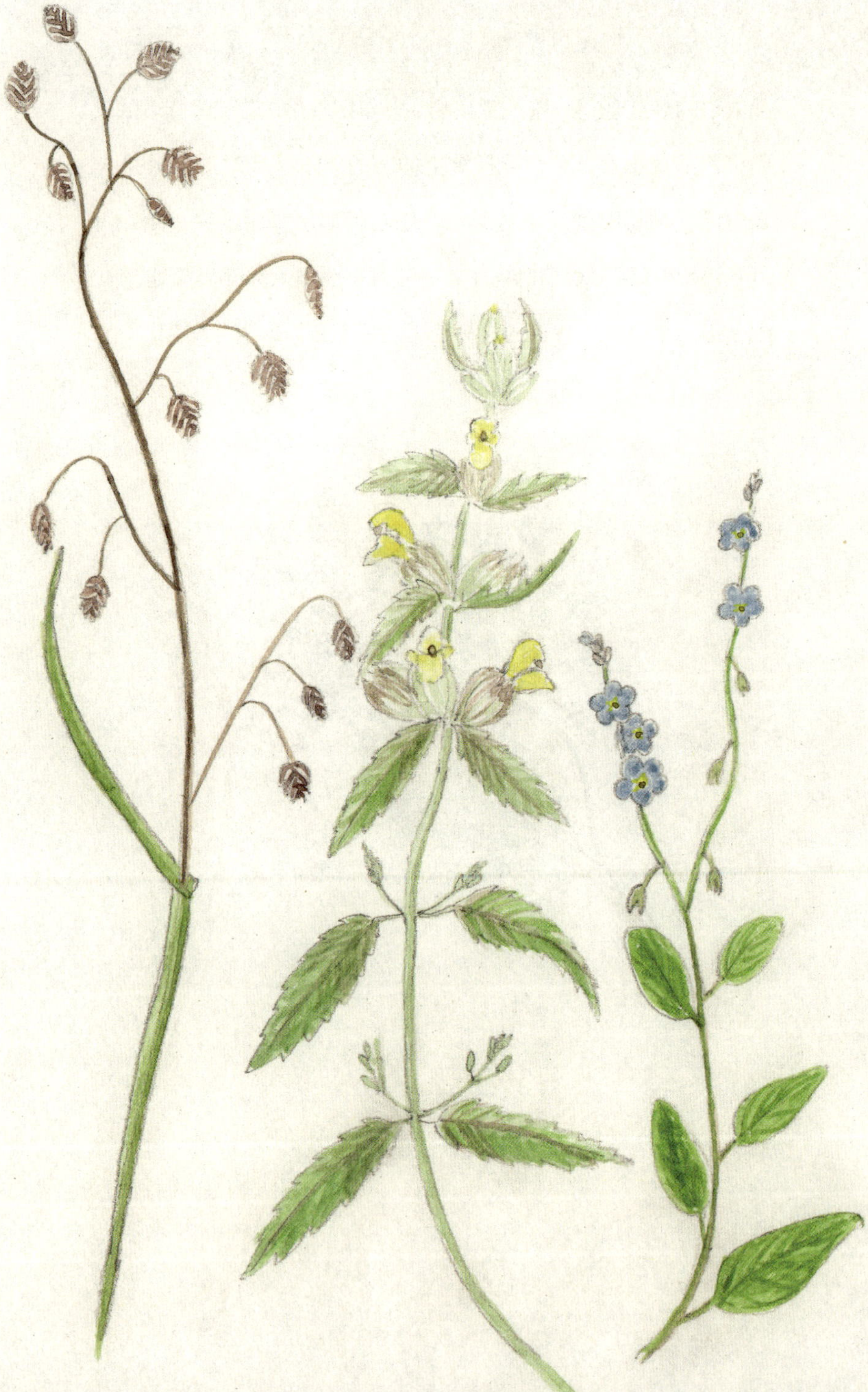

6月

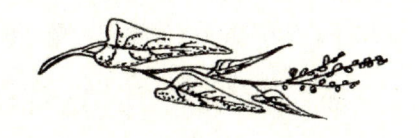

莽眼蝶飞来

蜂兰绽放了

以 2月的雪滴花为起点的开花植物传送带已经开始高速转动起来了。年初那段时间植物一直生长十分缓慢，到 2 月下旬，雪滴花和乌头开放后，野樱桃李、黑刺李、山靛、黄水仙和丛林银莲花也相继绽放。3 月和 4 月，花儿开放的频次又增长了一点，节奏稳定，令人愉快。每种花一开，我都可以去吸收它们的能量：观察、闻香、拍照、画画和制作标本（当然只挑很常见的那些）。如果某种花开完了，我会有点难过，但马上就能移情到另一种花上。5 月和 6 月，树篱和花园里植物生长的速度快得令人眼花缭乱。只要有暖流和充沛的雨水，树篱里的植物就会从试探性地

琉璃苣

生长发展为一片郁郁葱葱。

5月中旬，峨参的叶子已经成熟，花穗高高扬起，仿佛美丽的烟花。每到此时，我已经搞不清花儿们的绽放顺序了：活血丹、锥足草、野芝麻、山楂、狮牙苣、欧亚路边青、琉璃苣、虞美人、蓬子菜、床头草、独活以及数不清的其他各种花，都同时开放了。它们重叠在一起，翻滚着、绽放着，铺满了路边，多到我已无法汲取所有花儿的能量。

虽然只相差三个多月，但5月的植被与1月相比，简直是天差地别。现在我仿佛置身植物王国。6月，我开始希望一切能慢下来，生长季能拉长一点，这样在夏天之前我能更容易吸收充足的绿色能量。我期待在草色变淡转褐的秋天到来前，摁下暂停键，让时光停留。

当我看着山楂花凋谢（有点难过），观察到峨参已经结果（我的全年最爱），看到虞美人沿着农田散落成泥碾作尘（拜托，再撑一段时间吧），第一朵接骨木花开始变色（可恶，今年过得太快了），一个想法在我脑海中闪现。我无法按下大自然的暂停键，但也许我可以穿越到过去——只要一路向北，就可以在全国范围内追着春天跑。这个想法在脑海中酝酿了一两个星期，我开始琢磨可以去哪里。

我在推特上刷到一些照片，在哈顿高地（Hutton Roof，英格兰坎布里亚郡的村庄）的石灰岩喀斯特地貌，地面的裂缝中长出了一小簇坚韧的植物。我就想，也许我可以去一趟兰开夏郡（Lancashire，英格兰西北部郡名）。现在推特上面有很多人借着虚拟空间吐槽对骂，虽然名声不好，但这个平台也有相对温和的领域，让我看见精致迷人的英国兰花，以及蝇兰、绿翅兰、斑点兰、蜂兰、沼泽兰、对叶兰。除了想看到兰花，我还想看一看峨参花。怀着强烈的希冀，我前往德比郡（Derbyshire，英格兰中部郡名），打算在那儿住下来，花几天时间去搜寻，因为附近有几片草地从未被施过化肥。

德比郡野生动物信托基金的网站上提到了不少关于"兰花"和"盛放"的内容，网站还鼓励游客在6月植被鼎盛的时候来拜访。我在爱彼迎（Airbnb，全球民宿短租公寓预订平台）上预订了一间迷你小屋，便在5月第二周的一个晚上出发了。

我预订的小屋在贝克韦尔（Bakewell，英格兰德比郡的小镇）附近，到达后的第二天早上，我在出发前查了一些关于克罗姆福德（Cromford，德比郡的一个村庄）玫瑰草地（Rose End Meadows）的资料。网上有几张清晰度不高的照片，展示了一片郁郁葱葱的草地，淡粉色的兰花点缀其间。但是跟着卫星导航，我却到达了一个住宅区。是我找错地方了，还是我追花追魔怔了？我茫然地看着手机上的地址，怀疑自己查的资料不对。确实，我定位的这个地址指向一百多座依山而建、看起来很有生活气息的住宅群之中。

我下车决心要找到这片草地,便向一位正倚靠在花园围墙上的人打听。她说:"你找对地方了,沿着这些台阶往上走,然后一直向左走就到了。"这太不可思议了,一个自然保护区居然离人口稠密地带如此之近,而且可能还有兰花。这么想着,我还是爬上了台阶。台阶顶部是一条草路,一边长满了蒲公英、结了果的峨参和高高的蓟,另一边是花园的墙壁。我拐了个弯,沿着这条路继续蜿蜒而上,爬过一个短而陡的斜坡,地面上出现了四处蔓延的厚树根,右手边出现了一扇门和标牌。玫瑰草地终于到了。

这个僻静的入口与我身后的人工花园相距只有几米,中间几乎没有什么缓冲过渡:周围的环境从花园池塘、婴幼儿三轮车和煎培根的香气,突然变成了一处令人沉醉的角落。大门周围是即将开花的接骨木,挨着路边的山楂树,树上的花苞垂着脑袋弯着腰。脚下也是一片葱郁,有红石竹、绿朱草和星星点点的独活花。

我站上门槛,脚下一条小路通向前方未知之地,那

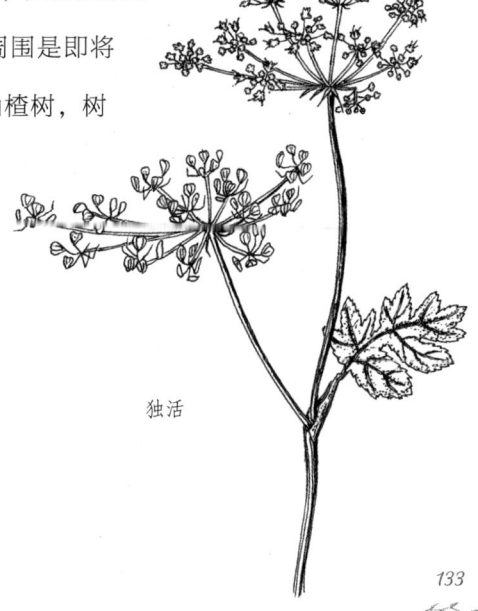

独活

儿可能有我苦苦寻觅的兰花，我感到有点晕眩。虽然很不好意思说，但我其实没出过几次远门。由于身体不好，小时候我几乎没怎么旅行过。十二年前，我当上了妈妈，新的家庭环境也让我很难出国旅行，但在家附近或者在英国国内进行一些小探险，亲近大自然、观察珍稀植物或野生动物，还是可以做到的。这对我来说，就像看到鳄鱼、秃鹰或大峡谷一样奇妙。所以，此时此刻，能找到这个地方让我十分兴奋。

我推开了大门。脚下是很陡的上坡，两边都是茂密的绿化带，所以刚开始几秒内，我的视野超不过一两米。几步后，陡坡变平，右手边突然出现了一小块空地，空地边缘长着高大的欧亚槭和山楂树，密密麻麻的独活花从草丛中冒了出来。左手边则是开阔的草地，直接连向地平线。这是一处地势起伏的丘陵，平地挨着山坡，就像盖满植被的意大利山城。

我看向脚下，发现自己正踩着一大片植物，其中有几种只在参考书上见过。这儿有连片的土地被低矮物种覆盖，很像我在邓杰内斯看到的苔藓地。高度不超过 3 厘米的布雷克兰百里香正绽放着，散落在绵延不绝百里香中的，是一些小小的花朵，看上去像白色蓝铃花。我脑海中闪过模糊的记忆，便掏出手机快速谷歌搜索，查出这是泻亚麻。置身荒野中搜索互联网，让我突然意识到手机就相当于随身携带的《植物大百科》。我很好奇，那些维多利亚时代的博物学家们，比如酷爱氰版摄影和藻类植物的安娜·阿特金斯（Anna Atkins），会如何评价我依赖手机来识别植物。

我曾在自家花园里种植过亚麻，亚麻是一种优雅且仙气十足的植物，拥有深蓝色的五瓣花，与我女儿小时候爱画的花很像，每朵花只开放二十四小时。而眼前的泻亚麻是一种特别小的野生亚麻，精致得令人啧啧称赞。对我来说，它是一个新物种，虽然我曾在书上读到过它的用途（泻药和敷料），但亲身遇见它，让我体味到只有观察大自然或自然学家才能拥有的那种极度兴奋。

然后，又有小片蓝色吸引了我的目光，我一直渴望找到的一种植物出现在脚边。此时，大脑慢慢适应了新鲜刺激，

泻亚麻

德比郡玫瑰草地的紫斑掌裂兰 ›

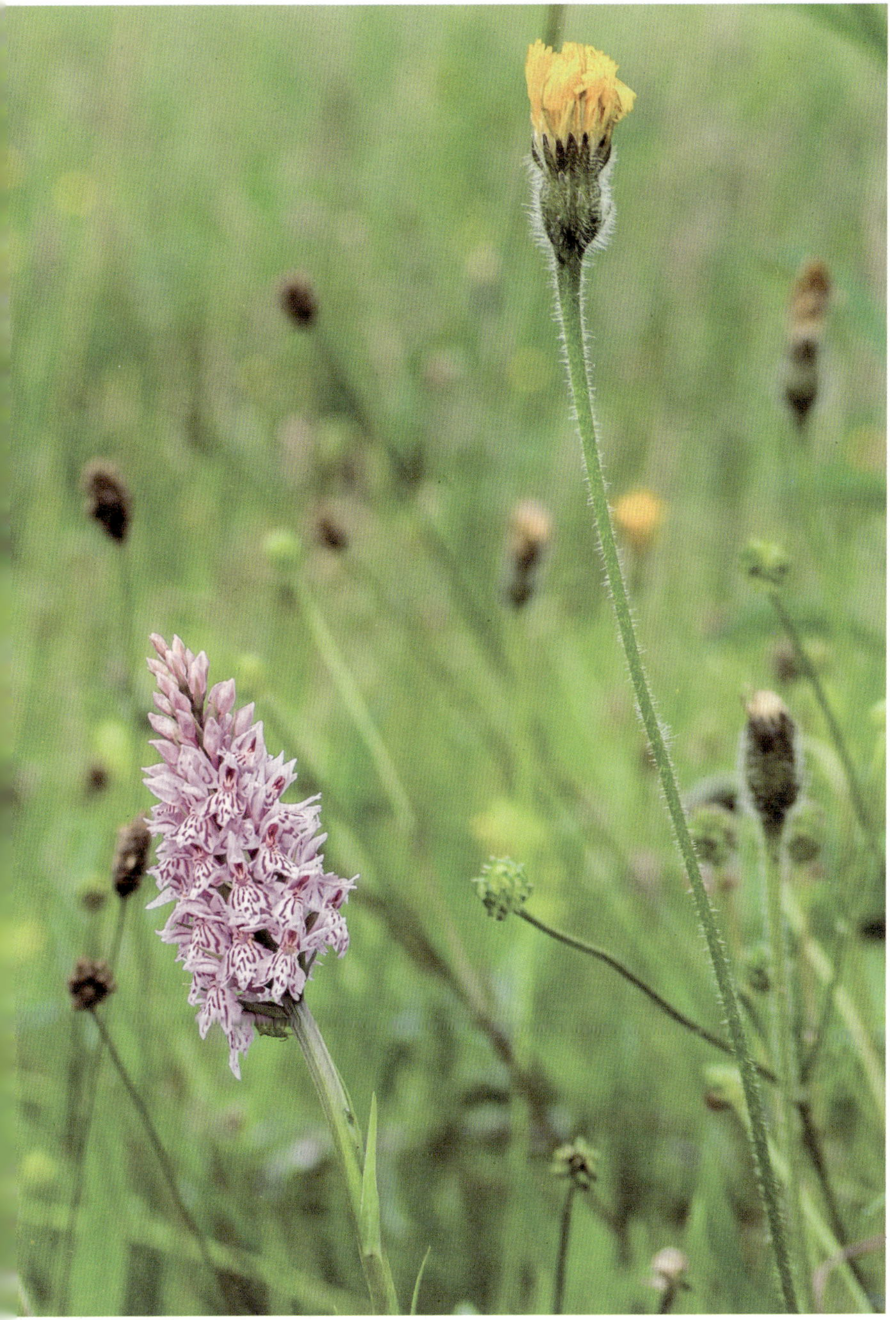

我才注意到,在百里香和泻亚麻之间,这种植物遍布四周,有好几米见方。它们是远志。远志大约有 7 厘米高,蓝得像翠雀和加勒比海的晴空,花瓣外侧有一排精致的流苏,仿佛一只小小的白孔雀在开屏。它喜欢生长在白垩土中,传统用途是治疗呼吸道疾病,凯布尔·马丁在《彩色简明英国植物志》的第 11 页上,描绘了生长在芝麻菜、两节荠和岩玫瑰之间的远志。这一片植物仿佛来自小人国,给我带来巨大的兴奋感。多巴胺充斥着我的大脑,但我知道,还有更多令人振奋的能量等着继续被挖掘。

我走向右边空地上的独活,植被从低矮、干燥、纤细的荒地变成了繁茂的草丛。小时候,我常常坐在高高的草丛和花簇中,此时我也条件反射般这么做了。许多草的穗头高出了我的肩膀,身处其中,我觉得自己像一只利用植物藏身的野生哺乳动物。我开始观察四周,很快便发现了小鼻花,这是一种半寄生植物,它们会从附近的草根汲取营养。此外,它们可以阻碍入侵草种生长,让更多野花和其他植物存活,从而大大增加草地植物的多样性。我还发现了一种长得很像小麦的草穗头,仔细一看,我不禁一激灵,这是凌风草,是我从小就喜欢寻觅的一种植物。一阵徐徐微风吹过草地,凌风草也跟着颤抖起来,它们的穗头长在毛茸茸的根茎上,看起来就好像木偶小蜜蜂随风摇曳。

草地里到处都是小山楂。它们于此生长会改变土壤，因为围绕山楂的根部，长着和草地植物不太一样的植物，更具森林风格：有红石竹、绿朱草、只剩下一两朵花的勿忘草，还有留下尖尖的穗头的欧亚路边青。我走近其中一棵山楂，想仔细看看两种不同风格群落的交界处，然后便发现了一朵兰花。它呈雅致的淡粉色，相当小，只有 10 厘米高，但非常精美。大多数英国兰花的花穗都是这样排列的：几朵小花组合在一根单茎上。每朵花都长得很像迷你半边莲，有五片花瓣，瓣上有复杂的深褐色斑点和条纹。花朵簇拥在花茎顶端，形成小帐篷的形状。帐篷顶的花都紧闭着，含苞待放，而帐篷底端的花朵则盛开着。不知道附近是否有更多的兰花，我开始在方圆几米内搜寻。

这些是常见的紫斑掌裂兰（也叫紫斑红门兰），学名写作 Dactylorhiza Fuchsii，是英国最普遍的物种之一。我在凌风草和红石竹之间发现了另外三四种兰花。每种兰花都与一种特定真菌有共生关系，没有这些真菌，它们就无法发芽。

土壤 pH 值、松软度和微生物群，以及局部小气候必须达到正好的条件，才能让兰花和真菌两种生物茁壮成长。这儿的兰花小巧精妙，很容易被忽视，然而它的存在表明，玫瑰草地确实和英国大部分地区被改造了的土壤不一样。这里不仅有丰富的植被，土壤里的微生物和真菌还与植物相互作用，形成了一个复杂的互动网络，让草地得以生机勃勃。一想到英国很多地方曾经和这里一样，有如此丰富的生物多样性，我就感到一阵难过。这一小片未受污染的土壤和茂盛的花草令人十分惊奇，也让我向往更具自然风貌的英国，而那是几个世纪前，工业化和集约化耕作尚未吞噬草地，大片土地还没有变成工厂的英国。

自秋天以来，我一直在村子的树林里寻找蜂兰的叶子。它们极小、细长，淹没在野胡萝卜、天蓝苜蓿、栓皮槭树苗、三叶草和杂草丛中，很容易被误认为是车前草。我坚信它们生长在树林里，因为自2003年搬来这里后，我几乎每年都能看到它们，但蜂兰每次出现的地方都略有不同。这可能是因为蜂兰不是每年都开花，而且新生蜂兰还在不断发芽，就会给人造成有一群蜂兰在森林里迁移的感觉。以前，有一两株蜂兰就长在森林主路左侧一条小径边上。不过，近年来这片树林生长得过于茂盛了，而兰花喜欢阳光直接照射或者阳光能从叶间倾泻下来的地方，在光照度低的地方，它们无法茁壮成长。过去两年，我都没能在这片林子里找到兰花。但在树林边缘，还有一个地方，离我发现在草穗头上冬眠的瓢虫那里不远。在那儿，小路边的草丛中有时会冒出一两株蜂兰，只是很难次次找到它们，而且我还担心它们会在修葺小路时被砍掉。

  我和小女儿决定一起寻找兰花。我们先去了一处草地的边缘，那里有被苔藓覆盖的山楂树。去年，我在那儿找到了几朵蜂兰的花穗。这次我们发现了含苞待放的野胡萝卜花、成片的三叶草和纠缠在一起的野豌豆，但没有发现兰花。我们沿着绕林小路继续寻找，却一无所获。小女儿带了一张之前去山涧里玩时用来捉虾蟹的小网，夏天她也用它来捉蝴蝶。有一段时间，我们忘记了兰花，反倒开始寻觅各色蝴蝶了：莽眼蝶、蛱蝶、潘非珍眼蝶、帕眼蝶和欧洲粉蝶。小女儿把它们轻轻地抓进小网里仔细观察，看清了蝴蝶的颜色和翅膀上的图案，确定可以再次认出后，就把它们放生。不过因为担心会弄折蝴蝶翅膀，她抓了一两只就收手了。我们都很喜

潘非珍眼蝶

欢这种消遣，以至于玩得忘记了时间。

　　现在正值仲夏，太阳直晒在背上，让人特别想来一杯冷饮，我们便打道回府。突然，在一条布满茂密野胡萝卜花的小路旁，也是12月长尾山雀群出没的地方，我看见了一朵开花的蜂兰。以前，我从未在这里见过蜂兰，我向小女儿介绍这种精美的花形是如何进化成蜜蜂的形状的。这种造型可以吸引真正的蜜蜂（特别是长须蜂）与花朵"交配"，这样蜜蜂就会带走花粉，授粉到其他花朵上。除了地中海地区的一些种群外，蜂兰主要是通过自授粉进行繁殖的。小女儿被蜂兰迷住了，蹲下身子观察了好一会儿。

　　"蜂兰的'翅膀'是粉色的！"她感叹道，"我真想看到粉色翅膀的蜜蜂呀！"

　　"我也是！"我回应道。随后我们一起往家走去，途中还停下一两次，试图抓住一只晒太阳的小蛱蝶。

蜂兰

虞美人

野生茴香

欧洲柳穿鱼

田春黄菊

7月

野胡萝卜花盛开

斑点蛾登场了

亚麻

黑矢车菊

田野婳草

3、4月份的病情恶化,让我的社交信心一落千丈。与一年前相比,我更不愿意见亲密朋友,已差不多进入隐居状态。这是抑郁症的常见后果,且往往是缓慢而隐秘地形成的。抑郁像一条大黑狗潜伏在脑中,带来自毁意念,走出家门去社交和交谈变得可怕起来。抑郁中的我坚信,自己没有什么有趣的话要说,出门社交毫无意义,避免和朋友一起玩耍更轻松。这是另一种形式的快感缺失。抑郁偷走了一个人从各个方面享受生活的能力,而影响社交的后果就是自我孤立,大大打击社交信心,最终形成一个难以打破的恶性循环,抑郁症对患者的控制也随之加强。每次进入这种循环,我都能找到借口:有工作要做,有插图要画,没有时间见朋友,但扪心自问,我知道这都是因为春天那次病情发作带来的后果。

7月,随着酷暑的到来,在户外待着开始变得难受,我出门散步的次数也减少了。7月上旬的阳光十分明媚，比近几年都要充足。也许有人只消看一眼晴朗的窗外就会感到开心，而我只有亲眼见着阳光，亲身沐浴在好天气里，才会真正有积极情绪。

然而，我还是像1月那样待在屋里。孤僻加上宅家避暑，我感觉自己已经和世界脱节。我意识到，如果任由自己这么隐居下去，之后要恢复正常社交就会更加困难。

最终刺激我行动起来的，是一条推特推文。推文说在离村子几英里的威肯沼泽那里有萤火虫出没。我给生物学家好友瑞秋发了短信，问她是否有兴趣晚上去树篱中寻找萤火虫的微光。萤火虫是一种甲虫，雌性会在交配季节用荧光素酶（一种生物发光酶）产生的绿光点亮腹部。雄性看到微光闪烁的雌性，就飞出去寻找它们，一场迷你恩爱灯光秀就此上演。我曾在托斯卡纳见过萤火虫，但还从未见过英国的萤火虫。我和瑞秋准备带着各自的女儿一起前往沼泽地。

我们穿过小木桥，到达威肯湿地保护区时，黄昏已降临。这一趟旅程有种冒险的感觉，我开始感到高兴和放松。几个星期以来，我一直孤立自己，没有人陪伴也没有与大自然接触。现在我感到孤立带来的消极影响开始消散。有些昆虫沿着修剪过的宽阔小路飞来飞去，时不时舞到我们头顶上，我们马上认出来是蜻蜓。虽然光线很弱，但它们很可能是英国蜻蜓中最庞大的物种之一：蓝晏蜓。一些飞蛾在它们中间飞着，我还看见有一只蜻蜓在追逐一只飞蛾。飞蛾发现自己被敏捷的杀手追逐后，便藏到芦苇丛中躲避。这儿离游客中心只有几米远，但我已被此地迷住。我们紧紧盯着地面，努力寻找绿色光点。

有一条草地小路穿过芦苇丛，我们沿着它走到一个十字路口，然后向左转。这时，远处的树林里传来了呼呼声，声音虽然遥远但很清晰，像缝纫机或高音电钻的声音。我兴奋地意识到这可能是一只夜鹰，每年这个时候，在附近的布雷克兰都能听到它们交配的鸣叫。夜鹰是一种令人难忘的迷人鸟类：它们在地上筑巢，羽毛有着错综复杂的条纹和斑驳图案，与树皮和苔藓极为相似，以至于白天栖息在树枝上时，几乎看不出它们的身形。夜鹰还有大大的粉红色鸟喙，从正面看上去像蟾蜍。6、7月的时候，它们像巨大飞蛾一样，在荒地和林中空地上飞舞，释放魅力，全力求偶，用机械摩擦一般的歌声互相呼唤。

有些动物，比如野兔和木虱，因为样貌和行为激发了人类的想象，从而获得了充满情感的昵称。夜鹰就属于这一类动物。RSPB（英国皇家鸟类保护协会）收集了34个夜鹰的俗名，包括"蛾鹰""夜燕""剃须刀"和"飞蟾蜍"。夜鹰的名字"nightjar"可能来源于"night chur"，这个词的发音就是对它们特别嗓音的拟声。我上网搜了一下,最近没有人在威肯发现夜鹰,但我却在塞特福德森林(Thetford Forest)听到了和它们一模一样的叫声,这令人十分困惑。

夜鹰

很不幸,我忘了蚊子这件事了。瑞秋深谋远虑地给自己喷了防蚊剂,但我只穿着背心、牛仔裤和凉鞋。蚊子高分贝的嗡嗡声开始在我脑袋周围环绕,很快,我的背、肩膀,还有脚上就传来刺痒。我和女儿大概已经成了行走的大餐。虽然光线太暗看不清蚊子,但想象中应该有一大群在飞舞。皮肤开始作痒,可我还是决心要找到萤火虫,我们决定离湿地远一些,在沼泽区外围沿路搜寻。

沿路行走,正前方的天空中有一个亮点,我用观星的手机应用程序识别出它是木星。我正看着木星,没多久,有两只鸟飞了过来。它们的轮廓有些奇怪,我走近了一些观察:这两只鸟的脖子和腿都特别长。也许是家鹅或者天鹅?不对,它们的腿比身子还要长。我又上网查了一下,上周有人在威肯看到了白鹳。原来这是白鹳!我一直以为它们生活在异国他乡,在烟囱顶筑巢,是来自极其遥远之地的长腿鸟。英国鸟类学信托基金会估计,英国只有 10 对育种的白鹳。我惊呆了。经过长时间隐居后,黄昏时分意外遇见这样真正稀有的物种实在太让人开心了。过去几个星期的自我孤立已被抛在了脑后。此时,我身处如此美丽的地方,有亲爱的朋友和野生动物陪伴左右,还有什么可抱怨的呢?

白鹳

我和瑞秋带着孩子回到了车上。我们不仅没找到萤火虫,还被蚊子咬得够呛。不过,在走进停车场的时候,我看到一只小猫头鹰飞向树篱里的橡树。又是一幅美好的画面。小猫头鹰开始漫不经心地吹起口哨,这时一个拿着望远镜的男人走进了停车场。我向他打听有没有看到萤火虫,他说没有,不过他遇见了小猫头鹰一家在保护区另一头路旁的栅栏上进食。橡树上的猫头鹰还在吹着口哨,我又问起在沼泽地里听到的奇怪鸟鸣。果然,最近几周确实有人在这儿看到了夜鹰。

这一次夜游只持续了半个钟头,因为蚊子太凶狠,我们被迫回到车上。不过我们遇到了白鹳、蜻蜓、猫头鹰和夜鹰,收获十分可观。我的情绪好了很多,短暂的夜间探索让我意识到,在这个美妙的盛夏,我低落了太久了。我反省自己缺乏警惕,就这么任由抑郁像灰色蛞蝓一样滑进心田。我决心要恢复每日散步。我需要沉浸在大自然中,需要朋友的陪伴来抵抗抑郁,这样才能保持对生活的敏感和热爱。

猫头鹰

第二天,天气太热,几乎没办法在户外待着:地上的石头十分滚烫,根本不能光脚下地。我和瑞秋一起吃了午饭,她告诉我家里养的水仙花吸引了不少蝴蝶。虽然从阴凉的厨房走进后花园就像进了烤炉一样,但我还是决定去看看那些蝴蝶。

结果,我一过去就看到三只孔雀蝶和四五只白蝴蝶在长长的紫色和白色的花簇上采蜜,然后又有一只优红蛱蝶飞了进来。我驻足观察了这家繁忙的飞虫咖啡馆许久,直到实在热得受不了了,才走回厨房。正当我往回走时,另一只大蝴蝶合上翅膀,落在靠近灌木丛顶部的一朵花上觅食。它翅膀的底色和图案让我觉得有点眼熟,可能是近两年我没见过,但一直渴望找到的一种蝴蝶。我冲着它说起话来,催它张开翅膀。瑞秋出来问我在和谁说话,我尴尬地承认自己在和虫儿交谈呢。这时,它的翅膀张开了,我看到了双翅的正面,乍一看像一只优红蛱蝶,但又有一些不同之处:颜色饱和度更低,不是红、黑、白相间,而是橙、赤褐、白相间。我激动得差点手舞足蹈:这是一只小红蛱蝶。

这种蝴蝶是从摩洛哥经由西班牙来到英格兰东部的,如今正在瑞秋的醉鱼草上定居。它们飞过 4500 英里的旅程,

7月

小红蛱蝶

逃避天敌——它们的天敌是一种微小的寄生蜂,会在毛毛虫体内产卵。我看过一部关于小红蛱蝶的 BBC 纪录片,了解到它们惊人的迁徙之旅。从那时起,我就对这种蝴蝶着迷。这只小红蛱蝶从醉鱼草上起身,飞过屋顶。我想跟着它,看看它要飞去哪里。它看起来十分年轻,翅膀图案清晰鲜明,好像已经准备好交配了。小红蛱蝶夏末在英国繁殖,后代将在秋季启程返回摩洛哥。

持续干燥的天气似乎增加了英国蝴蝶和蜜蜂的数量。我从未在花园、野路边和树林中看到过这么多蝴蝶和蜜蜂。过去五年中,新烟碱类(一种对蜜蜂繁殖不利的杀虫剂)的使用量有所减少,这可能会促使昆虫数量明显增加。我的观察样本很有限,但在推特上,有许多人(包括博物学家)分享了各种自然逸事和相关证据。最近几个星期虽然看起来有点吓人，但人们在汽车挡风玻璃上看到的昆虫尸体越来越多，特别是在高速公路上行驶之后。这些大自然传粉者的数量正在恢复增长吗？如果是，会不会是因为这个季节特别干燥？7月，有一项名为"大蝴蝶统计"的公民科学项目正式展开。我很想知道项目结果，但整理统计数据和专业志愿者进行分析还需要花上好几个月的时间。我只能耐心等待。

在英国，只有3%的野生草地还保持着原生态，大多数已被耕种，变成了集约化耕地。6月份我找到的那片玫瑰草地，拥有极其复杂的生态系统和丰富的生物多样性，但大多数这类草地都已被破坏。然而，英国景观中，有一类地方还持续保持葱郁的生机，野生动植物茁壮成长。那就是一些道路的绿化带，那里没有遭受杀虫剂影响或化肥处理，实际上是稀疏版的野生草地。我曾在伊斯特本（Eastbourne，英格兰东南部东萨塞克斯郡的城镇）附近的路边看到数百株紫斑掌裂兰，在剑桥机场A1303号公路边的草地上看到几十株蜂兰向阳而生，在A14公路边看见了成片的红豆草和上千株黄花九轮草。今年在索哈姆附近的一条主干道上，我遇见了数量惊人的野胡萝卜花，那儿也是5月份我拍摄到黄花九轮草的地方，这些花是人工种植在路边的。

这天,我将车停在索哈姆公路附近的入口处,沿着公路边缘的稀疏草地散步,这样能更好地观察各类花朵。野胡萝卜(也叫安妮女王的蕾丝),是一种美丽的伞形植物,也是许多授粉动物的大餐;野胡萝卜花扁扁的花瓣层层叠叠,形成复杂的花序,从侧面看叠成了一个圆形。与面朝阳光的向日葵不同,野胡萝卜花的生长角度各有不同,这让花丛看起来像星空,布满了各种花朵星系。

我开着车,经过一处叫"斯瓦汗姆布尔别克"(Swaffham Bulbeck)的村庄,在附近看到了一片精致的淡紫色。

野胡萝卜就长在离车 30 厘米左右的地方,车以每小时 60 英里的速度驶过,相机很难拍下它们,但当我走近它们,才看到这片花丛令人叹为观止的美丽。蜜蜂和食蚜蝇在附近觅食,在车辆和花丛间发出嗡嗡声。我站到这片窄窄的草地上,看到了罂粟、菁草、狮牙苣、峨参、藜草和矢车菊。草丛中的野花丰富至极。

我对此地感到惊奇,它在繁忙主路和大片密集耕地之间的夹缝中生存。全英国一定有由这些细长草地组成的庞大网络,它们的植物群落多样性让昆虫、鸟雀、猛禽、猫头鹰、哺乳动物甚至爬行动物得以生存。可悲的是,地方政府或农民经常修剪路边的植物,没有考虑到它们对野生动物的重要性。去年,我在离剑桥机场围栏只有几米远的地方,看到 30

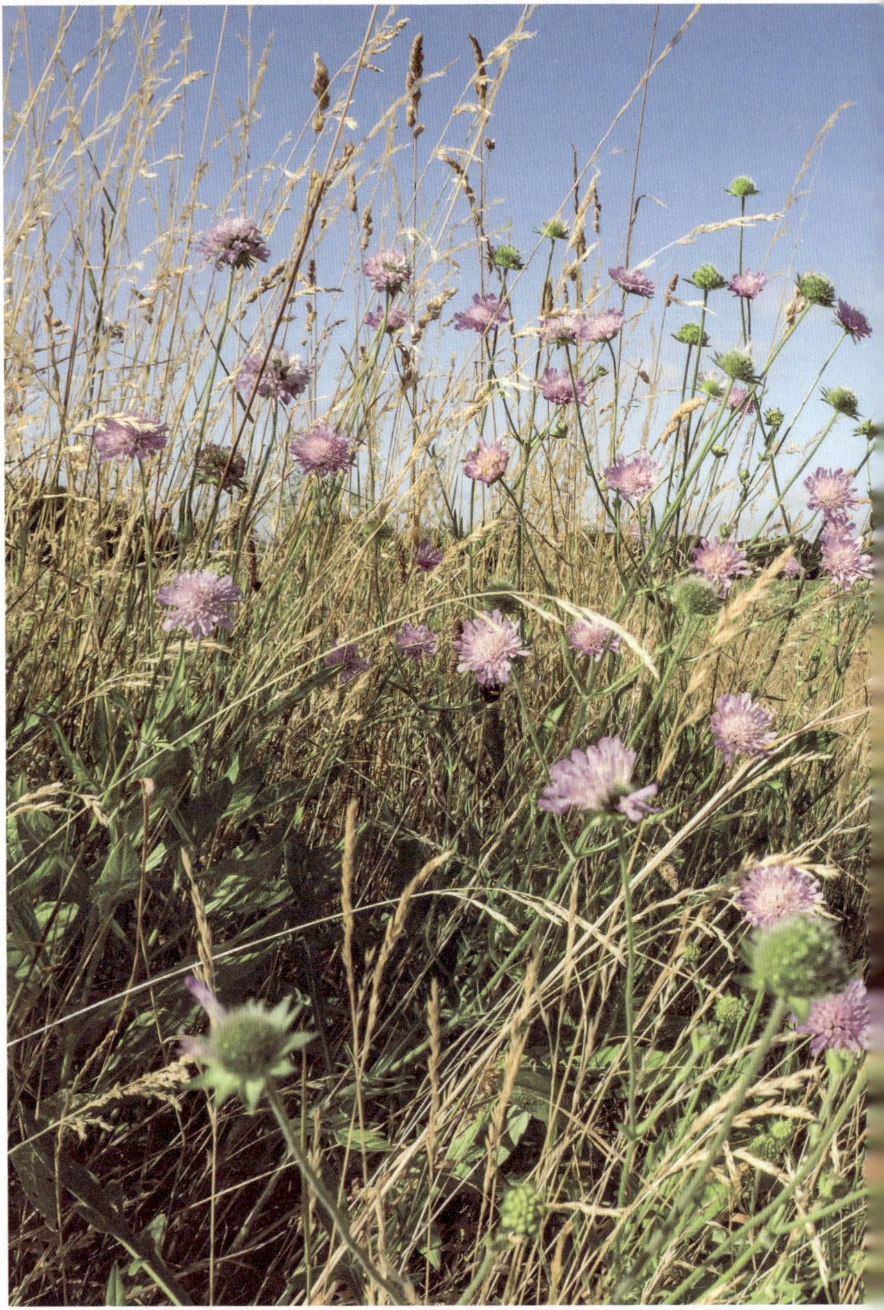

< 剑桥郡达灵厄姆附近路边生长的野胡萝卜

多株蜂兰在滨菊中冒出脑袋,但它们在结籽之前就被工业割草机修剪掉了。我很后悔没有向当地政府通报一下这些蜂兰。也许我应该组织一次抗议活动,拉上横幅来挽救它们。

整个7月,蝴蝶的照片不断出现在我的推特时间线上。在一个叫"费米森林"(Fermyn Woods)的地方,有人拍摄到一群我只在书上见过的蝴蝶,那里离我家只有一个多小时车程。它们的照片漂亮到让我坐不住了。

在开车去往费米森林游客中心的路上,似乎嗅不到什么野生动物的气息。附近有一个大型儿童游乐区,里面有很多沙坑、秋千和攀爬架,幼儿园的孩子们正坐在草地上吃三明治,开心地叽叽喳喳说着话。这幅场景温馨可爱,但也可以确定,为孩子打造的游乐场所,不可能存在稀有野生动物。但是,我错了。往前沿着陡峭的沙地小路登高几米,就出现了一个"高原"。其实,那是一片高高隆起的野草地。我走上这片荒野,立刻就有一只在草丛中低飞的昆虫吸引了我的目光,是六星灯蛾,它落在一朵高大的翼蓟花上,另一只蛾正在那里等着。它们开始交配。同时,一只黑白相间的蝴蝶从草丛深处飞起,掠过我所站着的草间小路,向高处飞去。这是一只十分引人注目的加勒白眼蝶,以前我只在村里的树林空地上见过一次。走进这片野草地还没几秒钟,我就遇到了两种极具魅力的美丽昆虫,而且是今年到目前为止都没有见过的。

环顾四周,我意识到这里与玫瑰草地大不相同,但它也拥有丰富的生物多样性。草丛中有黄色的欧洲龙芽草穗、精致的田春黄菊和美丽的红色百金花——这种花我只在凯布尔·马丁的画册第 58 页上见过。盛开的深紫色矢车菊在花丛中脱颖而出,千里光的花茎上趴着红棒球蝶灯蛾的毛毛虫,它们身着鲜艳的黄黑条纹,好像穿着鳞翅目动物专属的球衣。

我沿着小路徘徊,热浪阵阵,整个人开始口干舌燥。植被上方,各种蝴蝶在扑棱翅膀:阿芬眼蝶、链眼蝶、莽眼蝶、潘非珍眼蝶、线豹弄蝶、小弄蝶、加勒白眼蝶,以及超级多的六星灯蛾。我从没见过这么多六星灯蛾,它们的空蛹像标点符号一样留在草茎上。小时候翻阅《蝴蝶和飞蛾指南》(*Guide to Butterflies and Moths*)时,我就渴望看到书里的那些生物,现在它们就在我面前,一切美好得如同幻觉,极大提振了我的情绪。

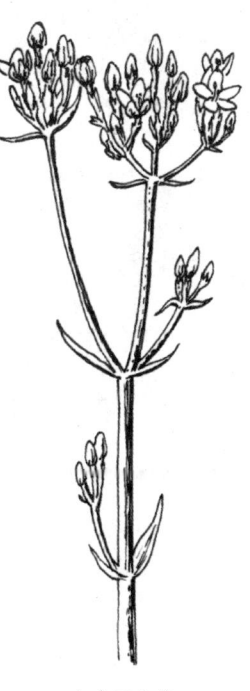

红色百金花

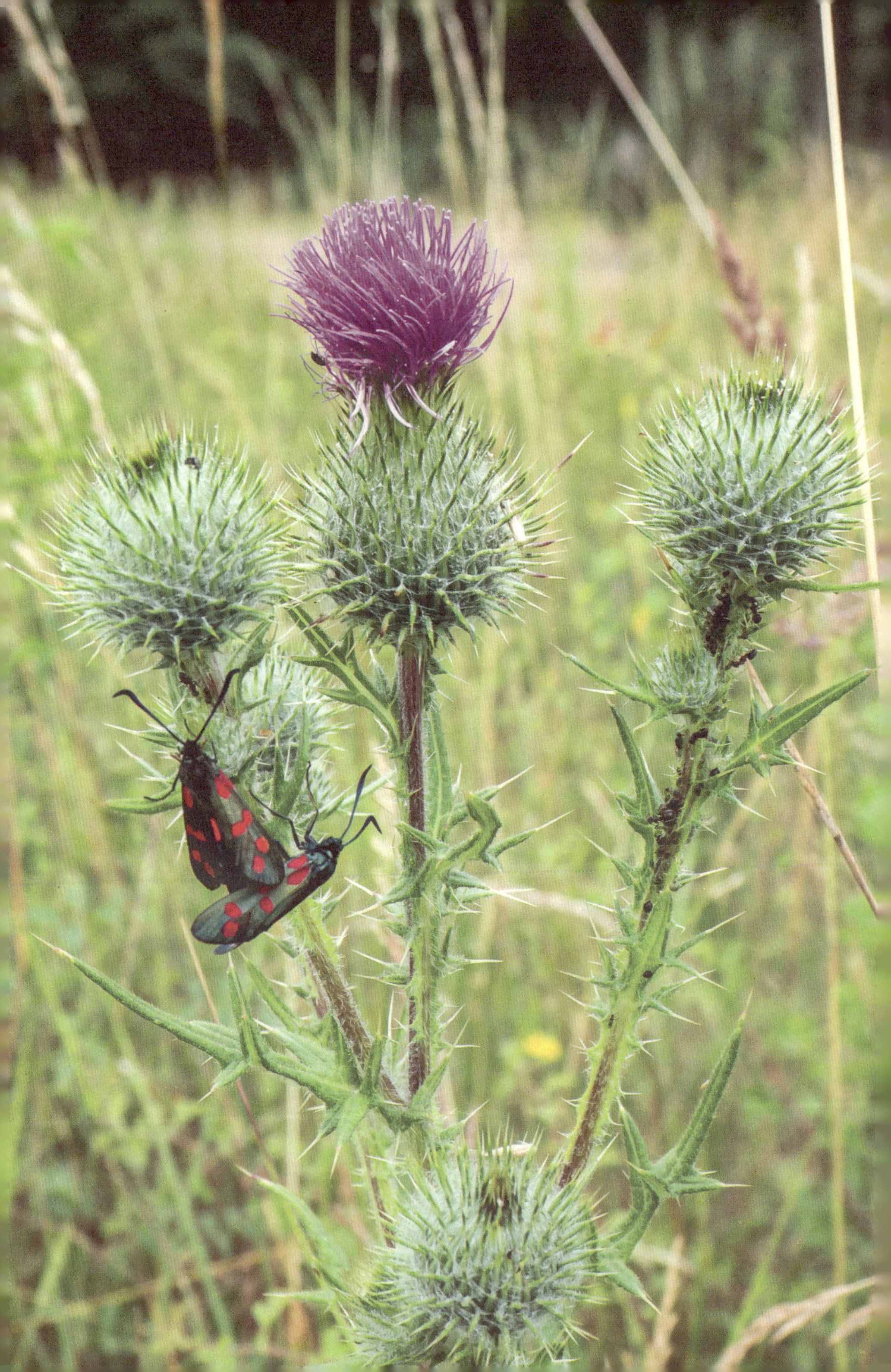

当我的双眼紧盯着每个新物种时,脑海中其他所有想法的音量都减弱到几乎听不见,各式各样的生物汇聚在此,方圆几百米之内,到处都是令人兴奋的动物和植物。我深深体会到,这是一场野地沐浴,它与森林浴一样有效,能击退消极思绪。我真心希望能把这种感受存起来带走,如此一来,每当抑郁症来袭我无法离开家时,我可以打开存储瓶,释放植物和野生动物的积极能量。4月份,我曾透过客厅的窗户观察鸟群,从而击退了抑郁症,不过那就像吃一片布洛芬来缓解骨折的疼痛而已,但是在费米森林,这种疗效的强劲仿佛在吞服更强效的药剂。

红棒球蝶灯蛾的毛毛虫

‹ 费米森林国家公园里,六星灯蛾正在翼蓟上交配

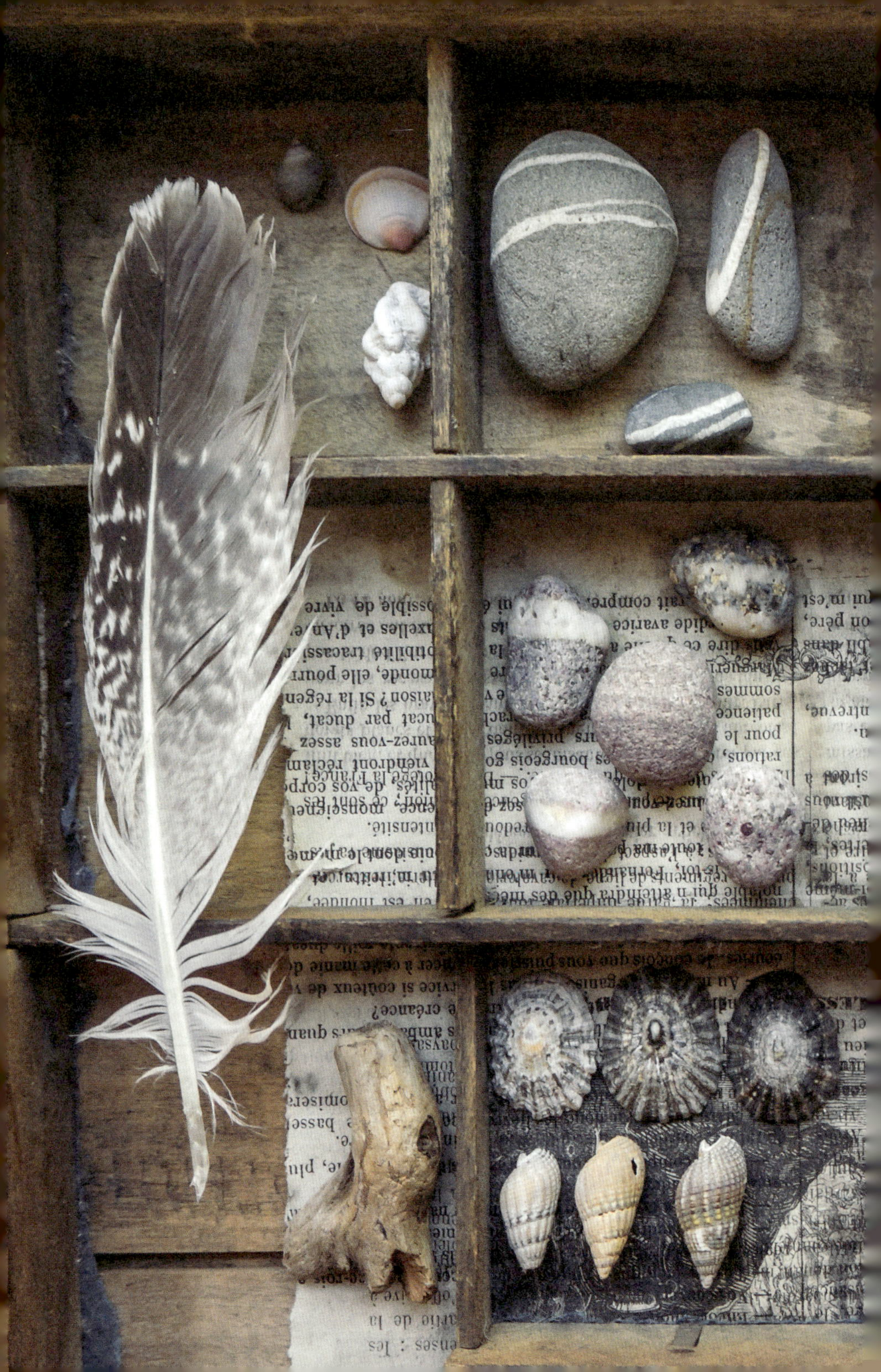

8月

峨参发芽

李子熟了

马洛斯海滩上的发现（鹅卵石已经放回去了）

从我 4 岁开始,我们家连续 8 年都去西威尔士(West Wales)的彭布罗克郡(Pembrokeshire,威尔士西南部郡名)海岸度假。从利物浦到那里要开 6 个多小时的车,对我来说那里似乎是地球上最遥远的地方之一。在威尔士海岸的两个星期是一年中全家最放松快乐的时光,这让那片海岸显得无比珍贵。我眼里的彭布罗克郡是一个变幻无穷的完美仙境,在度假期间,我们可以放纵熬夜,吃完晚饭还能去海滩边玩耍。

犹记得那里的商店一直开到太阳落山,人们在晚上也可以购物。这对我来说十分具有异国情调,因为一般只有在西班牙或美国,商店才营业到这么晚。假期里最爽的就是疯玩一整晚后,开车回旅馆吃早餐。车窗外可以看到许多野生动物:蝙蝠、兔子、成群的飞蛾、猫头鹰,有一次还看到过一只獾。它们各自忙活,并不关心人类。我不确定家人有没有注意到这些生物,但我在后座上总是尽可能坐得高高的,伸长脖子,努力观察动物们的夜间世界。第一次在夜晚的威尔士看到野生动物，我就陷进去了，这种经历让我不那么怕黑。即使到了现在，如果晚上无法入睡，我就会想象屋后树林里繁忙的动物世界，这种联想能给予我慰藉。夜里猫头鹰的叫声能帮我驱散严重焦虑，特别是容易在凌晨 3 点汹涌来袭的紧张和焦虑。

受湾区暖流的影响，彭布罗克郡海岸的生物多样性是英国最丰富的。1991 年，还在上大学的我去米尔福德港（Milford Haven，威尔士彭布罗克郡的一个城镇和社区）附近圣·安首(St. Ann's Head)的戴尔堡(Dale Fort)实习，被那里的各种生物震撼到了：有被称为海兔的巨大、棕色的海蛞蝓、橙色的海绵、海蛇尾，甚至还有一条蠕虫海龙（海马表亲，身体细长），像一条活鞋带潜伏在岩池的海草下面。

小时候，我对海洋动物了解不多，但我知道在海滩边岩石之间能找到非常有趣的小家伙：它们横冲直撞，足够细心的话就能用网兜抓住；被抓住以后，它们会继续在桶里冲来撞去。7 岁时，家长允许我熬夜看 BBC1 首播的《地球上的生命》(*Life on Earth*)，片中有水下

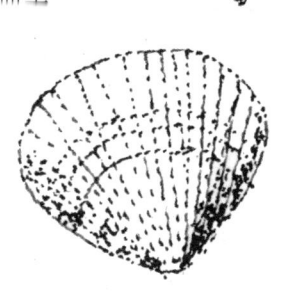

拍摄的鲸鱼、海豚和在珊瑚礁上活动的鱼群。对我来说，在彭布罗克郡发现的那些小生物，哪怕只能把它们搁在桶中一小会儿，也和电视上那些惊人的海洋生物一样迷人。

大约是 1979 年或 1980 年的夏天，我发现了一块带着有趣图案的鹅卵石，看起来像尖尖的小火山。它的花纹和附近巨石上的图案很像，我特别喜欢，就把它也放进桶里。后来，当我观察桶里乱窜的虾蟹时，注意到一个非常细微的动静，那块鹅卵石似乎闪了一下。我仔细地观察它，当时还以为是水纹波动引起的错觉。然后我发现，卵石背上一座凸起"小火山"的顶部，有一个活门打开了，一排粉红色的触手像迷你小爪子一样伸了出来。它开始用爪子搅和外面的水，抓了一下，那排触手又消失在活门里。当时，我蹲在沙滩上，望着桶里 1 升左右的海水，仿佛看到了《地球上的生命》中的镜头。

这么刺激的经历，之前我只在游乐场的扭蛋机上体验过。我觉得自己目睹了一个历史性时刻；桶中之景虽然微小但如此惊人，说不定可以上新闻。后来我才知道，我看到的奇怪小东西是一种常见的藤壶，它以海水中浮游生物为食。在彭布罗克郡的石滩上，生活着数以亿计的藤壶，不过这并没有减少我对它的敬畏，毕竟我亲眼看见了这种迷人生物的活动，如果没有这次发现，藤壶们也照样生活着，而我

藤壶

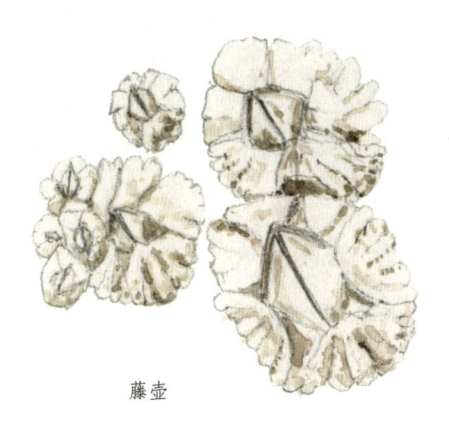

瞥见了大自然,在鲜艳的塑料桶中看见了一抹野性。我欣喜无比,并且渴望看到更多的东西。

在彭布罗克郡的时光,在我眼中是最快乐的。儿时的我遇见了各种野生动物,自由探索着海滩,这意味着,我一直将那片土地与自己的生活联系在一起。每年一到假期,我总是想到那儿去收获满满的自然奇观。

8月以来,我意识到从3月那次在明斯米尔观鸟后,我就没去过海边了。虽然我很喜欢离家最近的萨福克和诺福克海岸线(Suffolk and Norfolk),但威尔士西南部的海滩在召唤我。布罗德港(Broad Haven)、马洛斯(Marloes)、桑德斯福特(Saundersfoot)、戴尔(Dale)、博舍斯顿(Bosherston)——连它们的名字都令人神往。我渴望看到岩池中冲来撞去的小家伙们,渴望沿着海岸线寻宝,渴望到海边——特别是彭布罗克郡的海边,得到精神上的安慰。从重度抑郁症中恢复是一个漫长的身心过程。自从春天以来，我一直感觉疲惫，感觉仍没有完全康复，所以我决定一路向西。

安排好行程，我赶在日落前几个小时到达了目的地。我决意要在到达后的第一个晚上就去海滩。我租住的房子是用牛棚改建而成的。房东为我指明了去威斯曼斯桥（Wiseman's Bridge）海滩的路。小时候来度假那些年，我们从未去过这个地方。向海岸出发几分钟后，我就看见了威尔士道路上都有的一种特别的树篱，让我回味起童年的夏日记忆。每年此时，这些树篱都遍布着黄色的欧洲柳穿鱼、白色的蓍草和淡紫色的蓝盆花。车开了10分钟左右，道路开始向着海岸蜿蜒而下。我越来越期待在海岸上漫步，以至于感到一种孩童般的兴奋，心情像风筝一样高高飞扬。我把车停在离海滩一两米远的地方，大海就在面前。我朝沙滩走去，发现了由平整的粉色和灰色鹅卵石铺成的人行步道。由于海浪冲蚀和行人的踩踏，这些石子已经被磨得光滑平整，嵌入沙地。石子之间到处散落着干枯的海藻。我驻足看了它们好几分钟。

在海滩上消磨时光，我的占有欲激增，我太想霸占卵石、贝壳、沙子和生活其间的小生物了。海滩使大脑化学反应发生了巨大而积极的变化，以至于我渴望把海边的碎片带回家，到了艰难时日，就可以把它们拿出来当作护身符。11月份，我在村中树林里经历了一次植物沐浴，当时我也特别想把那些李子、山楂和鲜艳叶子带回家，想把它们当作奇石收藏或针织毛线一样据为己有，但是这次在海边，这种欲望更加强烈。这大概就是海滩探险的多巴胺效应吧。我想拥有这些卵石，把它们铺在我的屋子里，排成一块块石毯，或者把它们裁成一件石衣，再穿上它们。我想象自己穿着石头套装的样子，可能看起来像个犰狳，但我觉得这会是我最好看的一套衣服。我决定拍下石头的照片来满足自己的想象。

当我向大海走去，足底的触感也从鹅卵石变成了沙子，我的情绪像风筝一样飞得更高了。我看到右边有一片水洼，便走过去，爬上石块，打量着能在这里找到什么，就像我小时候经常做的那样。第一个池子还没有一张浴垫大，但我马上就发现了红色的等指海葵附着在平缓的岩壁上。它躺在那里，等浮游生物漂过时就伸出触手。海葵附在水平面下，缩着触角，看起来就像糖衣溶在海里的巨大果冻糖。

因为没有带桶和网，所以我像小时候那样蹲在地上观察池子。有几只虾在互相追逐，它们的颜色和沙子本身一样，但带着细小的斑点。静止不动的时候，几乎看不见它们。我很好奇这种完美的伪装是如何演化的。池底有一块大鹅卵石，

岸蟹

我小心翼翼地移开它。令人高兴的是,底下有三只岸蟹飞快地跑开,导致虾们惊慌失措地躲到海草下面。最小的岸蟹的壳还没有花生米大,但背上的黑白图案十分醒目,这是一只幼年岸蟹,小时候我也曾经把它们抓进桶里过。另外一只成年岸蟹,则在沙地上使劲用腿扒拉,把自己埋进沙子,只露出眼睛和嘴巴。我把这些看似普通的场景刻在心里,等到抑郁症潜伏之际再回味它们。

我站起身,想到海浪里走一走。这时,我瞥见两块石头之间的一块缝隙,大脑搜索系统立刻产生了条件反应——我刚刚是不是看见了什么?是藤壶,还是螺壳上的花纹?

我再次蹲下来仔细观察,岩石上夹着一只石鳖,它是一种小型软体动物,背上有八个壳板覆瓦状排列,看起来像一只没有腿的潮虫,或是一小块鳄鱼皮。我唯一一次看到石鳖是大学时去彭布罗克郡的实地调研中,27年后,我再次发现了它，这感觉十分完美和令人开心。最早发现的石鳖化石已有4亿年历史，这是一个真正古老的动物家族的后代。

我脱下凉鞋放在一块石头上，卷起牛仔裤裤腿，在浅滩里散了一会儿步。人类被江河湖海所吸引，是因为它们帮助我们生存，除了提供食物和水资源，它们还有更多益处。海洋生物学家华莱士·尼科尔斯（Wallace Nichols）认为，站在岸边眺望大海或观看河流经过，眼睛和大脑能够从这种视觉刺激中得到休息。这是给大脑放假，让我们从现代的繁忙生活中得到喘息，进行一场海洋冥想。当我站着让海浪冲刷双脚，这种感觉十分明显。随着海浪的起落，我的思绪飘入一种安宁的静止，感觉就像在钩针编织或绘画。烦扰的思绪消退了，黑暗的想法也消失了。我理解了为什么维多利亚时期那么多病人都喜欢去海边休养。

太阳快下山了，海滩被染上了一层金色，每次沉浸在大自然中我都会忘记吃饭。我向自己的车子走去，但在返程中又停留在一片岩池边看了看。这片池子旁边有一大团搁浅的粉色藤壶，我把它们放回水里，但不太指望它们能复活，因为有几只的基底已经碎裂，也许是从船底或石头上脱落时留下了锯齿状的伤口，其中有两只的活门处都是破洞，我怀疑它们可能已经死了，但以防万一我还是等了一会儿。其中一只活门尚存的藤壶看上去变暗了一点，它轻轻打开自己，开

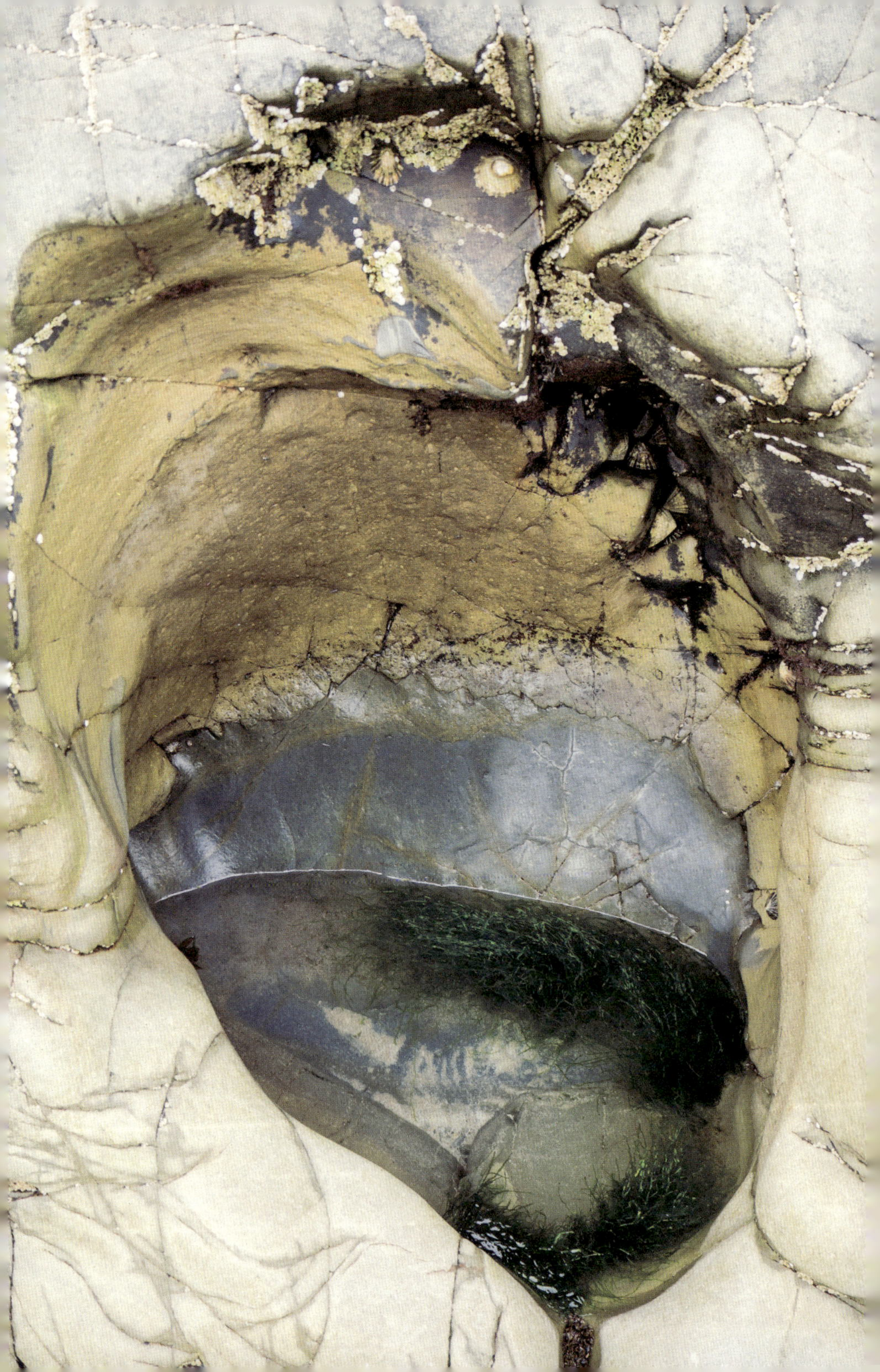

始进食。我体验到了 35 年前第一次看到藤壶时的那种欣慰。看着这个小生物享受美食，我内心充满了对大自然的感激，感谢它如此疗愈有方。

第二天，我开车去往马洛斯海滩。依稀记得这个沙滩上有特别大的石块，我曾在岩石缝隙之间看到过一条小黑鱼，当时我用海草轻轻抚摸它，发现它还在呼吸。我一直对那条鱼十分好奇，它为什么能离开水活下来？

大学野外实践时我才知道，那是一条鳚，也被称为胎鳚或海蛙。只要皮肤保持湿润，这些勇敢的鱼可以在退潮时把自己藏进岩石开口处，在那里度过几个小时，因为岩池里的含氧量太低，所以待在石缝中反而更安全，等到潮水再次上涨，它们就可以游走继续觅食。我很好奇现在马洛斯海边还有没有鳚。20 世纪 90 年代至少发生过一起由停靠在米尔福德港的油轮造成的重大漏油事件，也许此处已经不再像我年轻时那样拥有生态多样性了。

从停车场到马洛斯海岸还要穿过 1 英里左右的田地，沿着陡峭的蜿蜒小路才能到海边。我走路的时候发现，这里的风景比沼泽那边要丰富得多。

周遭郁郁葱葱，仿佛没有经历过两个月酷夏的炙烤。也

< 彭布罗克郡马洛斯海滩上的岩池

许是因为附近的普雷塞利山（Preseli Hills）给这儿带来了比英格兰东部更多的降雨。自去了坎布里亚郡的草地之后，又一次看到如此多绿色，让人十分放松。走向海滩的路上转过一个弯，眼前出现了有30多年没见到的景色。我被记忆和情感狠狠淹没了，沿海干燥草原的芬芳，悬崖上野花丛的美丽粉色，在被海浪侵蚀的岩石缝隙中，一条小鱼在积水里游动。沉浸在干燥的海草味中，我虔诚地捧起一颗小小的海星，仿佛它是一块绿宝石。在马洛斯海滩和我祖父留下的花园里，我不断找寻着孩童时期第一次与大自然相遇时的那种快乐，这是我继续生活的动力。正因为如此，这里对我来说意义重大。

马洛斯海滩的岩石就像一场地质学幻觉。地层因地壳运动发生了90度的位移，它们疯狂地起伏，巨大的海蚀石块像史前爬行动物的身体一样从沙地上冒出来。岩石上布满了藤壶，在它们内部和周围形成的水池中充满了生机。有些岩石有几米高，呈深红色，带有芥末绿和灰色相间条纹，被上千年的海浪和沙子冲刷得十分光滑。因为有一些被掀起来的地层腐蚀得更快，岩石上面布满了缝隙。

这些缝隙处便形成了长长的浅池，

玉黍螺

马尾藻

里面到处都是带着糖果条纹的玉黍螺、等指海葵、交错的藤壶以及由藻类、浮游生物、甲壳动物和鱼类组成的相互连接的复杂食物链。岩石从沙地上陡峭耸起，底部形成气流旋涡，退潮的时候，深池会比浅池拥有更多的氧气。

　　我正观察着一块岩石上的深缝，环绕着它走的时候，不经意间踏进了一个池子。池子边缘的沙因此突突往下落，我也差点被绊倒。当我稳住身体，便向池水看去。这个池子紧挨着岩石，水足够深，呈蓝色调，充满了各类小生命。我看到了五六英寸长的鱼在飞快游动，至少有三种海藻，池内浅滩上有一小群虾，池子边缘有很多玉黍螺和海螺。突然，一条只有50便士硬币大小的小鲽鱼从水面下游了出来，像池中虾一样，它也是沙子色，皮肤上有细微的淡斑点。水面波纹在它身体上划动，推着它优雅地游过。我还从来没有在岩石池中看到过鲽鱼，兴奋得呼吸都急促起来。只见它滑向池边，在沙地上停下，身体微微抖动，使周围升起一团沙粒云，沙子随后又落在它背上，之后它立刻就不见了。

我察看了岩石上其他几个缝隙，希望能看到一条鳚，但除了潜伏的海葵和石灰石之外什么也没有。我准备打道回府，走向通往海滩的小路。途中经过最大的那块岩石，它有一个很深但非常狭窄的罅隙，这是因为其中一层较软的地质层被无穷无尽的潮汐彻底侵蚀。

鳚

我往缝隙里看过去，一张青蛙般的小黑脸正怒视着我。正是一条鳚。我像小时候那样拿起一片海草，轻轻抚过去。令我吃惊的是，它猛地咬住了那片海草，用它的下巴响亮地折断了叶子——鳚的下巴能咬碎岩石上的藤壶。我吓了一跳，为这只小动物的胆量感到兴奋。我与藤壶以及这条躲在岩石缝里小鱼的相遇，都和在彭布罗克郡的童年经历遥相呼应。我现在相信，这片海岸栖息地与20世纪70年代末一样拥有富饶的生机。

西威尔士海滩之行疗效显著，自去年秋天以来，我第一次感觉自己状态极佳。

剪秋罗　　黑矢车菊　　峨参　　欧洲稻槎菜

9月

蓝莓已熟

燕子将徙

野胡萝卜　　罂粟　　短舌匹菊

酷暑告终。8月末的暴风骤雨为夏天画上了句号，乡野重新变回单一的绿色。接连的雨水让我在4、5月份种下的花迎来了第二春，它们再次开放了。我坐在花园中新搭建的阶梯上，被五彩斑斓所围绕：万寿菊的橙黄色、秋英的粉红色、琉璃苣和蓝花矢车菊的深蓝色，以及茴香伞形花瓣的淡黄色。前三个月不断上升的燥热转变成温和的暖意，秋天近了。过去的几个月里，我一直在慢慢恢复，坚持写作这本书，几乎每天都会到花园里待上几分钟。

花园是人工打造的，原先这里是一处狭长陡峭的地带，我们把它打造为砖、木、草皮和土壤四个层次，但保留了野性。有一大家子田鼠在锅炉房旁边打通了一张洞穴网，成年田鼠每天都出门为自己和幼崽觅食，我希望它们就住在花园下面。一两周前，我从客厅的窗户往外望，看到其中一只田鼠正摩挲番茄树，想偷取树上的成熟果实，难怪小女儿一直疑惑为什么长得最好的番茄总是不断消失呢。有一只幼年蟾蜍经常出现在后门附近一块潮湿的角落里，还有几只切叶蜂把巢筑在几个月前墙上钻出的木孔里。鸟儿们的故事每天都在花园里上演：常驻的雄乌鸫依旧对所有出现的乌鸦和椋鸟发脾气，和蔼可亲的金翅雀和长尾山雀不时拜访喂鸟器，小麻雀在植物下面潜行，鹪鹩潜伏在花园边界的常春藤里。无数蜜蜂、蝴蝶、食蚜蝇、瓢虫和其他低调的昆虫都在这几十平方米的花园里生活着。

田鼠

我先把所有种子都播下去，让它们野蛮生长，之后再修剪调整。可能很多人认为花园有些地方乱糟糟的不太好，但这种播种方式可以带来很多额外的植物。一些种子随风飘到这里，或者随鸟类和小型哺乳动物的粪便自远方而来，它们藏在汽车后备厢、集市和路边流动小摊的花盆里。我的方法是保持几周（有时甚至数月）不除草，过一段时间再移除一些荨麻、大部分蓟草，尽可能除掉旋花和羊角芹。

大自然似乎很喜欢我这种做法。植物混杂着生长，不知不觉地为各种生物提供了栖息地。

观察花园中生物的行为和互动，是最近几个月里我的养"神"之道。我就是埃克塞特大学那些研究的活生生的例证，证明观察植物、树木和野生动物可以缓解抑郁。虽然去大自然中待着对精神最有益，但如果抑郁程度过于严重，无法出门，那么只是通过厨房窗户看看户外场景也是有帮助的。

我坐着喝茶，听到燕子喋喋不休，它们在头顶上空用飞行轨迹刺绣。沙果树上的金翅雀吹着令人欣慰又熟悉的口哨。

鹪鹩

树篱里的灰斑鸠令人紧张地咕咕叫着。然后，有一阵尖细、起伏的叫声穿透了整个花园，听起来像是鸫鹛，但声音更小，听起来隐隐约约的。我一边听一边屏住呼吸，生怕错过了声音的细节。在杂乱的音调中出现了鸫鹛特有的颤音，然后声音又渐渐消失了。我很疑惑，因为鸫鹛在繁殖季的歌声是尖锐自信的，有时候响亮到惊人。

大部分鸟类从7月份开始就不再求偶唱歌，因为它们已经在哺育后代了。每年春天它们会耗尽气力地鸣叫，以宣示主权和求偶，但到了夏末就会消停。它们开始蜕毛，躲进树叶和藩篱。夏末的花园和乡村可能会非常安静，许多鸟儿都沉默了，有些鸟儿要到下一年2月或3月的交配季才会再次开始歌唱。我估计刚才听到的是所谓的副歌，有时被认为是一种"练习曲"。它可能是今年新生的幼鸟，在测试自己的嗓音。这歌声不甚完美，在乡村几乎陷入寂静时，它可能是这只鸟发出的第一枚音符——这一声鸣叫因此显得更加迷人。

在村子的树林里发现蜂兰之前，我对这种植物几乎不了解。这类看起来极具异国情调的小花离我的房子如此之近，激发我去了解这种也许是英国最迷人的野花家族。我得知，有种很高大的蜥蜴兰花生长在纽马克特赛马场边缘,花朵上布满了像爬行动物皮肤一样的斑点,闻起来还有一股山羊的味道。4月,在布莱德菲尔德森林的草丛中,我看到了强壮红门兰。我阅读了一些关于斑点掌裂兰的文章,学习它们是如何通过与掌裂兰杂交来迷惑植物学家的。我盯着那些潜伏在原始森林中的对叶兰的图片,它们显现出一种高雅的绿色。我一直以为,英国兰花的花期只限于年中;一旦希伯来群岛上最后一批夏季开花的品种凋谢,兰花就不会再绽放了,直到第二年春天强壮红门兰最早开放。今年我了解到,还有一个兰花品种在8月下旬才开始开花。

正如6月份在玫瑰草地看到的许多物种一样,斑叶兰一般生长在没有经过化肥处理的白垩土草地中,它需要来自洁净土壤的多种微生物和真菌才能生长。今年,我在推特上发现了好几个物种的栖息地,找到了离小屋最近的开花地点。我和好友伊莎贝拉决定前往贝德福德郡的一个名为诺金郝(Knocking Hoe)的小型自然保护区一探究竟。

前往这个保护区没有任何路标和导航可参考,要找到它可谓一次大考验。我们参考了几种模糊方位、谷歌地图上的碎片信息和当地人关于"馒头形山丘"的说法,沿着一条标有"私人道路"的小路,走了半英里左右,到达了一个农场,结果有人警告我们不得私闯。不得不承认,我竟然因为这事偷偷感到愉悦，因为追踪兰花而遭到警告，感觉像是19世纪才会发生的事情。我向农民道歉，保证我们无意侵犯他的土地，然后告诉他，我们将从另一条路回去。

我们绕过谷仓，前面出现了那座"馒头形山丘"，附近仍然没有任何标识，但我感觉就是这里了。我们继续前行，穿过山丘脚下的一扇门，门外的田地里有牛群在吃草。伊莎贝拉对反刍动物有点发怵，特别是害怕它们在田野上到处跑，便在栅栏后面徘徊不前，于是我们找了一条向右边拐的小路，沿着山脊往前走。这条小路的边缘仍有夏末野花的色彩：魔噬花、丛生的风铃草、龙牙草和长得像白色小半边莲的小米草。当我们爬上山脊顶端时，绝美之景展现在面前，整个乡村尽收眼底。天空有些地方呈珍珠白，但大多数地方都是灰蒙蒙的，我开始担心会下雨。

到达山顶后，我们看到一个标志，确认此处正是诺金郝。我们又穿过一道门，沿着一条小路翻过山丘，地面在我们左边陡然下降。我乐观地想，斑叶兰很容易就能找到，大概一进入保护区就可以在草丛中看到了。我们继续走着，有好几次离开步道去寻找这种难以捉摸的花，但只看到了野玫瑰和虫瘿、圆叶风铃草、成片的布雷克兰百里香。尽管这些植物很可爱，但我们开始为找不到兰花而感到沮丧，天空越来越暗，雨滴开始落下。我担心会被困在山顶上——

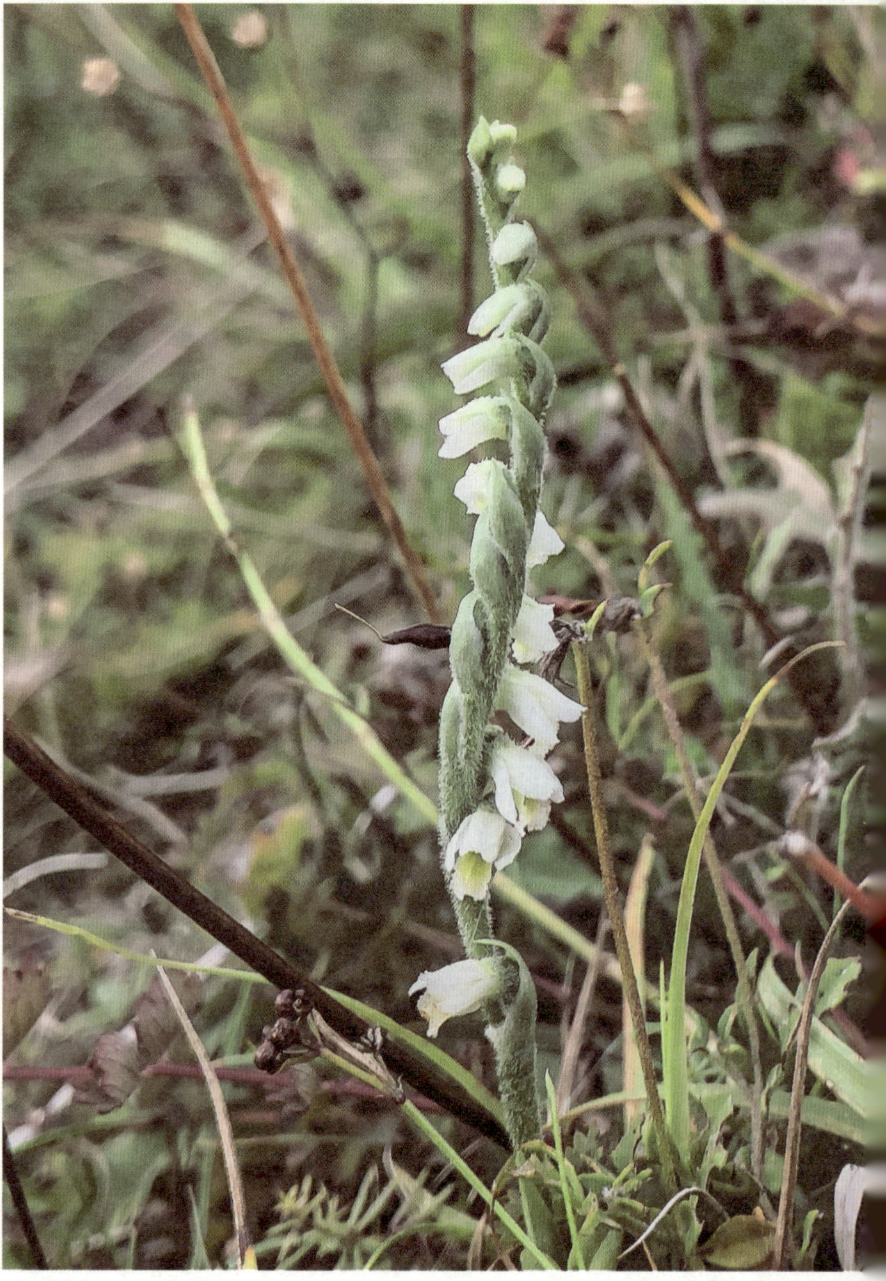

< 诺金郝自然保护区里的斑叶兰

天气暗淡，而我只穿了一件单衣，停车地方也离我们有 2 英里远。这时我们走到一个电篱笆前，发现篱笆有一处人工打造的粗糙台阶。在篱笆后面陡峭的田地里，几十面小红旗被推倒在地。我好奇这些旗子是否标志着兰花的位置，于是冒险进入田地一探究竟。

我在推特上第一次看斑叶兰时，并不能分辨出它的大小，我以为它和蜂兰一样高大而艳丽。由于地面有坡度，就算穿着靴子，我在往下走向旗子的时候也得努力维持平衡。就在此时，我注意到挨着旗子的地面上，有一些小小的灰白色圆点，凑近仔细一看，原来是微小的白色兰花。它们的花瓣大概只有 5 毫米长，绕着蓝灰色的茎干盘旋，叶子上覆盖的绒毛好像覆了一层霜。它们不到 8 厘米高，我从来没想过兰花居然这么小。这个种类在英国十分罕见，因为它们需要在没有施过肥的白垩土里生存，而这种土质现在已经很稀有了。我蹲下来靠近一点，试图把这些兰花和附近几米外的一些花簇一起拍摄下来。因为离得近，我甚至可以闻到兰花散发出的香气。我沿着斜坡继续往下走，打算去找伊莎贝拉，这时又看见了另一簇花丛，它们比白兰花还要小，我似乎在这座丘陵上找到了一种未曾被发现的兰花种类。

9月

今年即将结束时，我和年初一样，和安妮一起在森林里散步。欧洲卫矛的叶子边缘染上了粉色，黑刺李的花开得更卖力了，呈现出浓郁的蓝色，紫盆花的花穗在初秋温暖的阳光下慢慢干枯。

我已经与这里融为一体了。这里是与大自然接触的连接点，自从3月以来，此地对我的康复无比重要。每当世界在眼前崩溃、暗黑思绪飘起时，我都要离家5分钟，进行一场林间散步。

每次看到这片地上生存的寻常植物——三叶草、天蓝苜蓿、野玫瑰、疆矢车菊、峨参、黑刺李，看到它们叶子的花纹、花朵的色块和满眼的绿色，我的精神都会安定下来。走在林间小路上，那些树木就好像在对大脑施展咒语：缓慢，重复，熟悉，仿佛流动的林中瑜伽。这就像简单的茶艺或者织毛线手套一样，具有舒缓效果，而且每次的感受都有所不同。

今天，有一对小珍眼蝶在峨参上求偶起舞，在那片2月份开满雪滴花的圆形树围间，我窥见一只成年麂子。方圆几亩地里的植物开始显现秋天的迹象，不过夏天还没有离去，依旧流连在晚开的小窃衣、飞蓬的雅致粉紫色和狮牙苣的黄色之中。两季流转之际的森林美极了。我和安妮蹓步回家。

我知道天要转凉了，凛冬将至对我来说又是一种打击，但与大自然亲密接触的这一年，已经治愈了我破碎的内心。在 3 月份最黑暗的那些日子里，是双车道中央绿化带里的那些植物用它们舒缓的绿色改变了我，将我从自杀的边缘拉回来。过去 12 个月过得如此艰难，让人感觉特别不真实；大部分时间我仿佛都是与现实脱离的，但每次身陷黑暗泥潭，只要看到一只鸟或在树林中短暂走走，都会使我远离抑郁症的极端症状。学习到这一点，给了我极大的安慰。大自然对我来说是一种必不可少的药物，也是一张安全网。

把大自然作为治疗方式，它的疗效让我相信，人类可能需要经常与自然环境接触，才能维持真正的健康。人类和地球之间存在古老的连接：我们是从自然环境中进化来的。可能现代生活将我们与大自然隔离，才造成这么多人陷入精神问题。

精神疾病的发生率正在全球人口中上升，其背后原因还未有精准解释，但不少相关理论认为，人类社区结构让个体更加孤立，数字时代给我们带来更大的社交压力和需求，现代饮食改变了大脑化学成分，当下的生活比我们的祖先压力更大，不管各类因素起到什么影响，与大自然的断联都是一个重要因素。作家理查德·罗浮（Richard Louv）已经提出，人类健康特别是儿童的健康，正因缺乏野外活动而面临问题。他将此称为"自然缺乏失调症"。

我们的祖先过着狩猎采集的生活，花费大量时间在海边和森林里，当最早一批农耕人类开始定居并培育耕地，人类生活和周遭环境联系得更加紧密：水体、森林、植被，以及栖息其中的动物。这是人类逐步进化出的生活方式。而进入新的环境，彻底远离大自然的生活，显然会带来负面影响。所以，这种分析十分合理。

当我们从家、办公室或城市环境进入有森林、绿色植被和野生动物的地方时，心理和神经上会发生交互作用。相关研究仍在持续进行，但已经有一些成果显示，我们可以进一步利用好大自然带来的有益效应来缓解精神疾病。

我很明白，发生在我身上的疗效不会适用于所有人，但我希望到大自然中去散步能作为治疗抑郁症的一种方式，可

蓝莓

以被更广泛地接受和普及,而不是被当作一种奇怪举动,甚至可以被列为除了药物和心理咨询之外,缓解精神问题的另一种有效疗法。

　　森林里的蓝莓开始成熟,我停下脚步拾起果实品尝起来,9月温暖的阳光洒在我的后背上。

　　安妮把鼻子凑到一棵结满了美丽的、半透明红色浆果的玫瑰树下,一只松鼠注意到它,惊慌地爬上树干,安妮的鼻子也随之警觉地向上翘起。它俩对视了一眼,松鼠在树上,安妮在地上，几秒钟后，松鼠跳到小路另一边的樱桃树上，消失在视线之外。一只帕眼蝶落在黑莓叶上晒太阳，蓝宴蜓在我前面的小路上掠过。

　　在返程之路的最后一个拐角，我和安妮散漫地溜达着。我听到右边有叽叽喳喳的声音，是一群燕子在平行的电线上集合，仿佛乐谱上的符号。它们正为即将到来的旅程做准备，几周后就会离开南下，为了明年开启新的旅程。

致谢

谢谢安迪、伊芙和萝丝在我写作过程中给予的无限耐心和支持。

谢谢夏洛特·纽兰德、瑞秋·马斯林、海伦·阿瑞斯、莎拉·菲尔普斯、伊莎贝拉·斯特瑞芬、简·平克、乔斯·乔治和梅丽萨·哈里森一直以来对我的安慰和鼓舞。你们的善意是无价之宝。

感谢经纪人朱丽叶特·平克瑞,谢谢你一直信任我的写作和思路。谢谢编辑菲奥娜·斯莱特,是你孜孜不倦的指导才成就了此书。还要感谢克莱尔·卡特的高超的水平和耐心,没有你就没有《大自然治好了我的抑郁症》和《制造冬天》这两本书低调又梦幻的美丽设计。

我还要谢谢在推特和照片墙上相识的朋友们,没有你们的支持就不会有这本书。感谢大家!

最后我要谢谢安妮,你这个有点俏皮、毛茸茸的家伙,感谢你一直热衷于陪我散步。

图书在版编目（CIP）数据

大自然治好了我的抑郁症/（英）艾玛·米切尔著；张馨文译. -- 成都：四川文艺出版社，2022.5（2023.10重印）
ISBN 978-7-5411-6344-9

Ⅰ.①大… Ⅱ.①艾… ②张… Ⅲ.①散文集—英国—现代 Ⅳ.①I561.65

中国版本图书馆 CIP 数据核字(2022) 第 063229 号

Translated from the English Language edition of THE WILD REMEDY
Copyright: © 2019 by Emma Mitchell
First published in Great Britain in 2019 by Michel O'Mara Books Limited
This edition arranged through Chinese Connection Agency
Simplified Chinese edition copyright:
2022 Beijing Centurial Charm Book Cultural Development Co., Ltd
All rights reserved.

著作权合同登记号 图进字：21-2022-151

DAZIRAN ZHIHAO LE WO DE YIYUZHENG
大 自 然 治 好 了 我 的 抑 郁 症

［英］艾玛·米切尔 著　张馨文 译

出 品 人	谭清洁
出版统筹	众和晨晖
选题策划	包子谭
责任编辑	路 嵩
封面设计	叶 茂
责任校对	段 敏
内文排版	苏 鹊

出版发行	四川文艺出版社（成都市锦江区三色路 238 号）
网　　址	www.scwys.com
电　　话	028-86361802（发行部）028-86361781（编辑部）
印　　刷	大厂回族自治县德诚印务有限公司
成品尺寸	145mm×210mm　开　本　32 开
印　　张	6.75　字　数　118 千
版　　次	2022 年 5 月第一版　印　次　2023 年 10 月第六次印刷
书　　号	ISBN 978-7-5411-6344-9
定　　价	49.80 元

版权所有·侵权必究。如有质量问题，请与出版社联系更换。028-86361795